KB176544

성연 시인선 12

삶은여행처럼

박용인 시집

도서
출판 성연

| 자서 |

좋은
부모님으로부터
태어났지만
늘 사랑이
그리웠습니다
저의
詩 속에
12 달
가슴의 온기가
가득
들어 있습니다.

2023년 8월 해동 박용인

바람을 닮은 바람의 시인 박용인의 '새로운 시작' 그 바람의 세계로 함께 여행을 떠나본다. 느닷없는 드센 바람이 지나가고 건듯 부는 작은 바람이 조용하고 부드럽게 뺨을 스치고 어루만지며 지나간 상처를 달래주고 있다.

어제의 그 바람이 오늘의 이 바람이 아니듯, 내일의 바람은 더 부드러워질 것이다. 조용한 오늘과 같은 조용한 내일도 함께 올 것이다. 마음을 내려놓으면 추억도 물처럼 흘러갈 것이다. 이제 박용인 시인과 함께 새로운 바람 속으로 들어가 본다.

박용인 시인 시 시평 〈삶은 여행처럼〉 중에

예시원(시인 · 문학평론가)

|1부|

바람 꽃

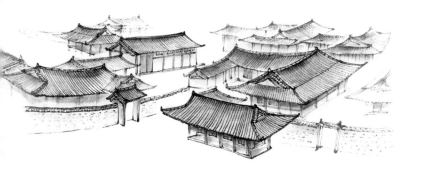

새로운 시작

바람불어 오면
날아갈세라

비오면 젖어서
지워질세라

바람꽃처럼
미소만 머금고 있네

영원이라는 흔적 속에
가두어 두고 싶지만

또 ~
바람에 흔들리고
비에 젖을세라

하늘만 바라보며

구름에 눈 맞춤한다

바람 머문 자리
쉼표 하나 찍어놓고

까치발 들고 서서
다시한번 고개들어

짝잃은 먹구름 등에 업고
시와 늪
바라기 되어간다

바람 안고
사는 꽃

키작은 노란 꽃잎
해가 그리워 눈을 뜬다

어느 날 바람 안고
눈물 고운 톱니 털 물고

덩실덩실 춤을 추며
오월의 눈부신 햇살에

따순 내 가 나는 꽃을
그여~이 피워 냈도다

바람머문 자리
애기똥풀 이름으로

#그여이(기어이) · 따순(따뜻한밥)
(함경도 전라도)방언

수국길 사연

버선 꽃길 힘찬 그 날
해묵은 세월에 지쳐

어우렁더우렁 친구랑
걸어 보니

넘실이 자랑하듯
하구 강뚝 부딪쳐

들리지 않는
우정의 대화마저
삼키고

교량 길 달려드는
자동차 타이어
굴러가는 소리에

우리 청춘도 깔아놓고

달려 또 달려
우리 손목 잡아

가기 싫은 발걸음
또 재촉 하는구나

여기 놓아둔 쉼
한 번 더 쉬어가며

노을이 멀어져
서쪽 하늘 기울때

미소 머금은 얼굴로
발걸음 멈추어 둔다

구포 하구 뚝에서

바람 꽃

바람 따라 나선 구름
한점 멈추고 서서

살포시 내려앉은
안개비

바위틈 끝자락 온 힘을
모아 모아 버티는
바람꽃

바람 머문자리 기다림
미동도 없이 서있다

안개비 살짝 내려주니
바위틈 사이 눈물되어

지나온 고달픔도

눈물로 씻어주고

바람에 흔들리고
비에 젖어도

바람꽃 미소로 답하니

영원히 간직된 한몸
영혼으로 꽃을 피운다

활

바람이 가슴을 뚫고
지나간 날

또다시 하루는 저물고
운명의 페이지는
넘어간다

세상이 온통 화살에
꽂혀있을 때

또 하루가 지나간다

끈 없는 연처럼
높이 더 높이 날아간다

바람은 화살을
잡지 못하고 보낸다

눈물과 슬픈 노래를
남기고는

생각하면 하루의 활

영원히 돌아올수 없는
곳으로 ~

열매

꽃잎 떨어진 가지
아리게 달려있는
작은 점 하나

그대와 난
아무것도 없는 것 같아도
몽골 한 매실 열매 하나
그대가 나무였고
난 잎새였다

아름다운 사연들
태우고 또 태워
가슴에 담아

작은 바람에도
귓전에 맴도는
그대를 안았기에

너를 가질 수 있었다

그 옛날
사랑 얘기 노래하며

인생 나룻배

인생은 강물에
띄운 배
세월을 저어 갑니다

인생 강물 위에
갈매기 사랑 엮어

두 팔을 뻗어
온 세상을 안고 싶지만

순풍에 젖어도
눈물은 고이고

세월에 묻어둔 사랑
가슴으로 가두어

인생의 강물위에

미소실은 배 띄우리

노을이 남긴사연

노을빛 어우러진
서쪽 하늘에
외로움 싣고 온 산그늘
회색 어둠 초록빛 산야
덮어가며 그리움만
한 움큼 안겨준다

갈증 난 내 영혼에
노을빛으로 그려 놓고
소리 없이 갈 길 재촉하며
사라져 간다

세월은 노을에 띄워 놓고
아리따운 춘색의 향유
사월과 석별의 정 나뉘어
막연히 안기고 만 오월

이팝나무 꽃

그대는 말하지 않아도
사랑을 알아요

그대의 숨결에
그대의 손길에
하얀 눈꽃을 피워요

그대의 꽃 알맹이
그대의 입맞춤에
달콤한 향기 그윽하여

절정에 오른 그대는
더욱 눈꽃으로
미소를 담아낸다

떠오르면

이슬 품은 꽃잎에
사월의 태양이

사월 가슴에 파고드는
사랑스런 꽃

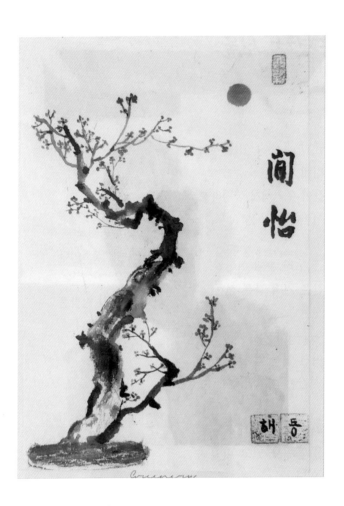

공평한 선물

지금 손에 쥐고 있는 것이
우리네 인생
시간이 우리에게 공평하게
주어진다는 사실

지금 우리 손에 쥐어진
시간은 기적 같은 선물

대우주에서 지금까지
짜여진 일이 없는
24시간은 최고의 선물

우리 마음 가는 대로
사용할 수도 있고 버릴 수
도 있다

기쁨 슬픔 행복 즐거움도

건강도 수입도
타인에게 존경도
이 손안에 있소이다

손에 쥐어진 시간은
신호등도 없으니
맘껏 달려서

인생 시간
빨간불이 들어오면
그때 큰 숨 한번 쉬고서
인생 소풍 도시락 옆에 끼고
또 다른 세상으로
소풍 가리다 ·

안전 핀

산허리 자락마다
붉은 띠를 두른 채
몽골 몽골 맺혀있는
꽃 멍울들

금방이라도 안전핀
빠져 버린
수류탄처럼 위험을
안고 있다

검붉은 멍울 속에
수많은 아픈 사연들
가득 지닌 채

작은 바람에도
고개를 휘젓고 흔들리며
위험천만한

사랑할 준비를 한다

바람 잠시 머문 자리
안전핀을 뽑고서
사랑과 슬픔을 토하며

새로운 봄 산
물들려 놓으며
세인들 가슴을 툭!
두드려 주면

그리움 가득했던
가슴을 어루만져
봄 꽃향기를
퍼트려놓고 만다

진달래 인연

바램이 얼마나
그리도 많은지
억겁의 끈질긴 인연들

살랑살랑
스쳐가는 봄바람
고리에 걸려 가슴에
짓눌리고
꽉 찬 응어리를
봄 밭에 묻어놓고서

붉은 치맛자락 나풀거려
춤을 추며
동서로 남북 물들려 놓고
봄날의 전령사 모습 보며
산자락에서 길 잃은 청춘

때가 되면 찾아드는
너를 보며
입안 가득 미소 머금고
또 하루 행복한
봄날 단상에

설레는 마음 달래며 쉬어
가야 할 곳
여기 활짝 핀
진달래 나를 놓아둔다

별이든 달이든

짙은 밤 하늘을 본다
구름에 달 가듯
구름에 별 가듯
눈썹 위에 있으면 좋으련만

바람 머문 자리에
쉼표 하나 찍어놓고
하늘을 본다

탐욕에 물든 마음
등지고 올라서서
하늘 구름 펼쳐놓고
세상 다 얻은 듯
하늘 바라본 행복

별이든 달이든
그리움 무르익어

바라본 하늘엔
뜬구름 시샘하듯
숨바꼭질하고 있다

깊어만 가는 봄날 밤
가까이 다가와서
숨어 버리는 달과 별

구름 사이
붉게 타오르는 내 가슴
꼭꼭 눌러 놓은 채

마음으로 울고
가슴으로 담아
바라만 본다 ·

소나무 멍울

온몸에 음양각
세월을 서록하고
골 깊은 사연들은
겹겹이 쌓고 쌓아
어머니 살아온 길을
사리사리 엮어
갈라진 손마디로 모
난생 다듬으며
속으로 탑을 쌓은
동그란 어매 마음
애달픈 옹이 부여잡고
부엉이 밤새도록
울고 운다

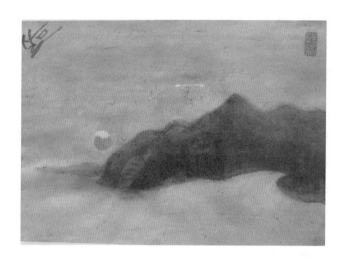

문

멀리도 가까이도 아닌
저만큼
세월의 먼지가
케케히 쌓여서
울고 있는 그대여
바람에 실려 떠다니는
저 뜬구름 한 점
실어도 보건만
열리지 않는 자물쇠
그리움 가득 담은
나의 눈물 한 방울
굵은비 되어서
굳게 닫힌 문 열어진다면
가슴으로 만든
눈물 한 방울
놓아놓고 가고 싶구려

삶은 여행처럼

꽃잎

빗줄기 타고
사랑에 빠져들며
톡! 하고 터진다

뜨거워 터진 입술
만져도 만져도
커지지 않는 건

꽃이 필때 기억
보이지 않은 깊이
피면 진다는 걸
알고 난 뒤
빗물이 줄기 타고
톡! 하고 터진다

너를 안고 있는 살갗에
돋은 멍울 꽃이

질 때는 몰랐다

다시 핀다는
귀를 내어놓고
몸살 난 눈
달빛에 잘리고

도망치듯
달려드는 바람에
밀고 밀어버린
떨림으로

사랑하다 돌아선
너의 터진
입술이 뜨겁다

무궁화

바람아 나를 불렀느냐
뒤돌아보니
무궁화 너였구려

말없이 흘러가는
저 뜬구름
세상천지에 말을
걸어온다

쌍떡잎 입에 물고
다양한 색 사랑 안고
끈기 있는 함성소리
세상천지에 토해내며
두 팔을 하늘 향해

만세 삼창 외쳤느냐

내 작은 손에 작은 물병
무궁화 꽃 한송이
키울 수 있다는 용기

저 인연 끊어진
뜬구름도 말을 건넨다

누군가 불러주는
바람소리
무궁화 꽃 등불
가슴에 담아

상처받은 마음에서
우려 나오는
포용의 물한 줄기
되어 달라 세상에 전하네

갈대의 한나절

수많은 세상 구름
떠돌아다녀도
그대 무릎에 앉아
눈을 마주하는 것은
단 하나 뜬구름

세상에 셀 수 없는
사랑의 열매 맺어도
그대 사각 소리에
씨앗을 심는 건 하나

세상에 털썩 주저앉아
이별의 시냇물 이루도
그대 마디 어루만지며
가슴 도려낸 눈물도 하나

해도 걷고 별

도 날아가는데
은하수 강 빈자리 누워
그대 생각으로 눈 감으며
바람에 온몸을 맡긴다

휘청거리는 봄날 오후
공허함 뒤로 하고

멀어져 가는
그댈 바라보며
미소하나 간직하고
또 다른 바람으로
떠나 보낸다

메아리

차거운 비로 찾아든 그대
안개 속에 갇힌 채
그대 이름 부르네

붉게 물든 그대 그림자
잠 못 드는 그대는 장미
꽃피는 계절에 소낙비 내
릴 때
마음 둘 곳 없는 날엔
님 계신 하늘에 띄우네

돌아오는 소리 들릴 때

돌아오는 소리
님이라면 좋으련만
눈꽃에 그려보는 하얀 얼굴

돌아보면 보이질 않고
비속을 헤매던
짙은 그대 목소리

마음 둘 곳 없는 언덕에
올라서면

안갯속에 가려져
귀가에 맴돌며
메아리만 되어 흐르네

시시 콜콜

씻어 헹구어 놓은 지
오래된 마음을 꺼내어
새로 씻어놓고 싶은 날

봄 햇살을 한 조각
잡아당겨 가슴에 품고 싶다

누군가 불러 세우는 소리
돌아보면 또 바람만
귀가에 걸리는 날
바람의 어깨 끌어안고
긴 숨을 고른다

오랜 시간 동안
나의 가슴에 묻혀
있는 것들
차 한잔을 들고서

아파트 베란다를
서성 거리다

하얀 목련 바라보며
맑은 눈으로
가슴을 달래어
꽃향기에 취해
봄 햇살을 끌어안고

나의 마음에 꽃 하나
심어 놓고 가고 싶다

| 2부 |

붓의 향연

가슴속 섬하나

가슴속 저편에
물이 얼었다 녹다 하는동안
그대는
그 섬에 가 보았는가?

그리움 섬 하나
자리하고 있지
늘 말로만 가고 싶어

그리움 저 건너편에서
바라볼 때 비로소
그 섬이 보인다네

환상의 섬은
가보고 싶어도
참아야 한다네

그렇다고
바람을 끌어안고
함께 울지는 말게나

그 가슴속 섬에는
그리움만 가득 차있는
그냥 바라볼 수밖에
없는 곳

그대
마음에 그려진
동그란 얼굴이라네

시절 인연

저 흐르는 세월의 강속에
온몸을 툭! 내려놓고
물살의 흐름 따라
유유하게 흘러가보니

이미 지나온 길을
거슬러 가려고 도
하지 말고
더 빨리 도착하려고도
애쓰지 않았으니

툭! 내려놓은
시절 인연
몸에 힘을 빼고 크게 한번
숨을 들어 마시고
내 쉬어보니
시절 인연 가고 없더라

비우고 또 비우고 나니
가볍고 가벼울수록
삶은 더 편안하게
흘러가더라

시절 인연처럼~

갈대

흔들리지 않았습니다
부르지 않은 바람이
나를 불렀습니다

세월에 묻어 고통에
흔들리는 나를
바람이 보았나 봅니다

당신이 나를 불러주신다면
은빛 머리 날리며
달려갈 수 있습니다

사랑은 환상인줄 알면서도
빠져나오질 못합니다

젖은 사랑에 발은 빠져
있어도 입술은 메말라
마른 기침을 삼키면서
달려가 보겠습니다

흔들어 털어버릴 수
있었다면

메말라 가는 아픔
몸부림도 없었을 것을

슬픈 매화

세상을 품어
무엇 하리오

하늘색 치맛자락
버선등에 세우고

한 많은 하늘 끝에
너의꽃잎 던져놓으니

바람은 슬며시
옷고름을 풀어주고

썩어가는 몸 동아리
보라색 꽃피워

못다 한 사랑 새겨주니

간들바람이 던져준
꽃잎 술잔에

그리움 한 가닥
벗어놓고 가는구나

너를 품으며

간들 바람 살랑살랑
온몸으로 품어서
무궁화 슬픈 사연
댓잎으로 감싸 안고
꽃을 피웠네
한 줄기 빛으로는
피우기 쉽지 않아
훨훨 날아가는
나비 바람으로
인연 맺은 깊은 사랑
댓 숲에 무궁화 꽃
피웠더니
대한민국 만세 소리
댓 숲에 품었다 ·

붓의 향연

화선지 위에서는
붓은 춤을 추고
화실 가득히
찐한 먹물 향이 놀다
여백을 채워간다
절망 속에서도
희망을 불태우며
사막에서도
그늘을 찾는다
한잎 두잎 떨어지려는
댓잎을 걷어 올려
붓끝으로 쳐준다
고통에 몸부림치는
댓잎에 희망의 틈새
간들 바람으로
고통을 들어준다
꿈꾸는 자여

절망 속에서도
멀리 반짝이는
별빛을 따라
긴 고행길 멈추지 않고
하늘로 향해
뻗어가노라면
붓은 모든 색채로
그대의 희망가를
부르게 하리다

이 또한
지나가리라

아침에 햇살과
마주하는 순간
눈꺼풀이
떨리기 시작한다
돌아보고
또 돌아봐도
원인을 모른다
늙어지니 그러나 보다
세월은 서글픔만 남기며
지나가는 것을   새로운 봄을 맞이하기
어찌하겠는가   위해서 몸부림치는걸
한 몸으로 살아가며   보지도 만나지도
겪어야 하는 시련이겠지   못했지만
이 또한 지나가리라   인연이라 여겨주면
나의 몸 깊은 곳에   이 또한 지나가리라

그대와 관계

그대여
젊었을 때는
몸이 마음을
따라다니더니

그대여
언제부터인가
늙어지니
마음이 몸을
따라 다닌다네

어쩌겠는가
세월은 서글퍼만
그대와 나
하나였는 걸

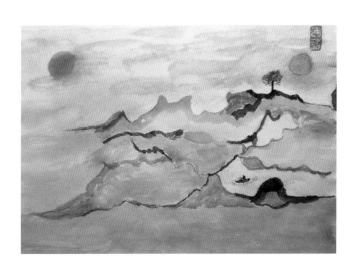

무언의 무대

길모퉁이
돌 틈 시름에 빠져
누렇게 스러져 누운
미물 같은 들풀들
혹독한 삶을
견디어 온 것은
따뜻한 숨 쉬며
가야 할 길을
찾고 있다는 것이다
언젠가
푸른 세상을 꿈꾸며
싹을 틔울 수 있다는
신념으로
인고의 시간을 견디며
살아왔다
부푼 꿈을 꾸어 오던
들풀이라고 꿈이 없겠는가

꿈에서 깨어나
푸른 희망으로 서서
새봄의 무대를
맞이한다는 것을
이미 알고 있었다
꿈은 꾸는 자에게
반드시
이루어진다는 것을
들풀은 이미 알고
있었기 때문이다.
새로운 봄날의
무대로 가고 있다는걸

나에게

하이얀 인생길
묘하게 살아온 자주색
생각만 하여도
설레고 좋았는데

몰라주는 내 마음
이른 봄비가
자주색으로 물들어
세상에 뿌려지는
어느 날
달빛에 부서져
쏟아지는
기쁨의 눈물이리라

밤하늘 빛나는
북쪽 하늘
잠들지 못하는

북두칠성

인생의 향로길
알려주는 듯
잠 못 들고
은하수 강가에 나가
수많은 너희들
이름 하나하나
지어 가는 깊은 밤을
그대는 아시나요?

죽竹사랑

찬 서리 깊은 밤
푸른 잎 자랑 하고파

한 잎 조각 나뉜
뿌리 깊은 사랑
애태우다

파란 입술 인연 되어
수묵화 여백
사랑 가득 채웠어라

서쪽 바다

저 멀리 노을빛
일렁이는 파도
묻어놓은 빛바랜 계절의
사랑인 줄 알았는데
끝없이 밀려오는 그리움
흔적뿐이었네

닿듯 말 듯
파도에 춤추며 넘나드는
그리움
한 조각 노을에
잠들어 가는 날
타인처럼 늘 잊혀져
가는 줄 알았는데

밀물처럼 다가서는
또 다른 노을빛은

늙어 가는 손끝에
와 닿는 희망일세

학의 날개
밑에 품은 쉼터

무학산 끝자락 빛을
품기 위해 모인 농장
아낙네 호미 놀음
육신을 힘들게 하고
칠순 남정네들
허리 펼 틈이 없네

구름 한 조각
그늘 되고
바람 한 점
땀방울 심어온
남은 밭고랑은
인생 여정이라

작은 계곡 바람 한 점
가슴 깊은 곳까지

시원하게 씻어주니
우뚝 선 백 년 노송
작은 바람에도
웃고 있네

삶은 여행

떠도는 구름을
베개 삼아 하늘을 보니
휘~감아 도는 바람뿐

새벽이슬 맞으며
달님을 따라 별을헤다.
햇님을 마중하고 말았다

인생은 바람 구름
그 무엇도 가질 수 없는
삶은 여행인 것을

그리움 무르익어
가슴에 꽉 채워져
마음에 둥근 보름달
자리할 때

여행은
쉼할 곳을 찾는다

복수초

샛노란 치마가
봄바람에 휘날리기도 전에
노오란 우산 겹겹이 쓰고
말없이 서 있는 저 여인들

바람아 고달픈 걸음에
나 대신 훔쳐보란 듯
미소 담아주니
고운 목도리 걸치고는
살얼음 물안개 등에 업고

아직도 동장군 찬바람 스치며
고드름 주렁주렁
도토리 키재기 놀이
한참이건만

눈보라 깊은 곳 언덕에

뿌리 깊은 사랑 애태우다
노오란 꽃잎 몽실이
자랑 하고파
바위틈 사이를 비집고서
서릿발 문을 열고
찬바람 맞으며

겨울 나그네 쉼터에
봄 처녀 된 것처럼
미소 띠며

복수초란 이름으로

흐르는 시간 속에
시처럼 바람처럼
춘설의 사랑 안고
아름다운 꽃으로
세상과 입맞춤한
여인들 되었구나

숨겨둔 사랑

마음을 냉동실에
두지 말아요

냉동실에 오래 두면
믿지 못하고 상해요

기간이 지나면
해동이 필요해요

너무 숙성되면
해동하더라도
본 모습을 찾기가
힘들어요

단맛 쓴맛 신맛
매운맛까지
한꺼번에 맛볼 수 있지
않을까요

냉동 보관 중인 사랑을
이제는 꺼내어
맛있는 요리를 하세요

냉동실이 지켜준 사랑을

어느 날 오후

다시 뜨는 태양같이
다시 올 수 없다

먼 들녘
한 줌의 바람 스치면
괜스레 눈시울이
붉어진다

잡아야 할 것
놓아야 할 것
머리로는 하지만
가슴과 마음에는
바람 한 점
일지 않고 있는 지금
아직도 쌓아 놓고
싶어지는 건
슬픈 오후의
역사 되어 버렸다

겉으로는
많은 것을 가진 것처럼
당당한 모습이지만
허한 가슴이 텅 비어가는
어느 날 오후
인생이 벌써 여기까지
왔는데

가슴과 마음에 목발을 짚
고서라도
초월하는 나는
세상을 향해
말을 타고 달리고 싶다
내 시야에
석양이 사라지기 전에

정말 나의 심정을 적어 놓은
이 소중한 오후 역사는
해넘이가
저 산을 넘은 뒤에도

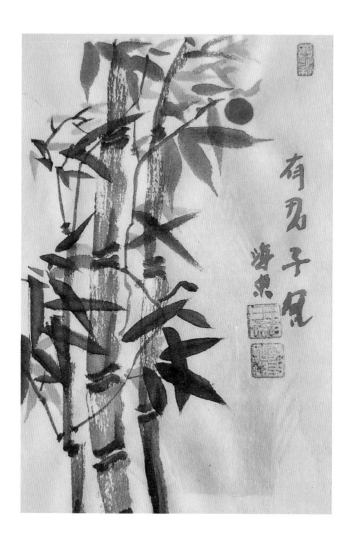

쉼

푸른 하늘 한가운데
쉴 곳을 찾는
하얀 구름 한 점 같이
기나긴 겨울밤 헤쳐 나오며
끝도 시작도 없이
돌고 돌아 온 세월에 묻은
끝없는 하늘길

세월 먹는 바람을 친구 삼아
이리저리 불어
주면 주는 대로
이 모습 저 모습으로
숨바꼭질하며 숨어 놀다
동지섣달 끈 떨어진 연처럼

꼬리를 흔들며 날다
나뭇가지에 걸려

애태운 날도
속으로 삭이며
잠들어 보낸 날도
겨울날
모질게 매달려 있는
대왕참나무 잎처럼

그냥 바람 머문 자리에
모든 것 내려놓고서
청량산 끝자락
언덕에 기대여
깊은 잠에 빠지면
좋으련만

외로운 술잔인

잡을 수 없는 흰 구름 한 점
허공에 말없이 떠다니지만
그의 모습은
흩어지지도 않는데

술잔 위에 비친 너의 모습
천 갈래, 만 갈래 찢어지며
가슴 깊숙이 스미는 눈물로
홍수처럼 흐르는구나

샘물이 되어 솟던 그 사람
이름은 잊었지만
그림자 되어
사무치는 내 마음
바보처럼 물안개로 피운다

외로운 술잔 위로

님의 등불이 되지 못해
가물거리는 빛 향한
그리운 사연들

뚝뚝 떨어지는 눈물이 되어
아롱거리는 그림자처럼
잡으면 입술로
마주하면 눈으로
술잔이 흔들려 잡을 수 없
는 지금
외로운 술잔을 내려놓는다

분신

-수경재배-

물속에 육체를 담겨놓고
하늘을 바라본다
푸른 하늘에 먹장구름 한 점
바로 너였구나
나를 키워주는 동력이

언제나 찾아드는
흰 구름 한 점 사이로
스미는 햇살이
나를 웃게 하며
몸집을 키워도 주고
팔을 뻗게 하니
너 또한 보배로구나

미덕을 지닌 바람
속살거리며 하는 말

푸른 하늘이여
흰 구름이여
먹장구름이여

서로가
서로를 안아주며
때로는 떼어놓아 주는

목숨 줄을 쥐고 있는
귀중한 그대들은 나의 분신

| 3부 |

벽

연기 인생

인생은 세월 속에 담긴
시간 드라마
호박 고구마처럼
색깔이 있어
세상에 이름을 가졌구나

바람 불면 바람 따라
구름 들면 하늘에 담고
그 속에
푸름을 만끽한 얼굴엔
화색이 돌고 돌아
환하게 미소가 일어난다

길을 걷다가
문득 하늘을 바라보며
협곡이 아니라
수평선 같은 넓은 들판에

바람 머문 자리를 본다

그곳이
삶의 안식처가 된 연기
자아를 발견하여
걸음을 멈춘 자리
내 인생의 연기는
여기까지 라고
어묵꼬치처럼
재사용할 수 없다는 걸

봄 손님

창밖을 바라보니
겨우내 움츠린 살갗에
화색이 돌며
물관 수水 속으로
혈이 흐르는 느낌 오네

날카로운 고드름이
햇살에 비치는 끝같이
싸늘한 내 가슴에도
사랑이 찾아드네

동짓달
긴 밤 모질게 머물다
절기에 밀려난 곳에
꽃눈 물고 왔구나
반가운 봄 손님이

늙어 간다는 건
새로운 청춘

길을 걷다 발길 따라 머문
그곳
햇살이 짙게 내린다

천년을 머물 것 같이
반짝거리던 청춘
지금은
그림자조차 보이질 않는다

흘러온 삶이
박제가 된 것처럼
하얀 생각만 들 뿐
그때 그 시절은
연기조차 하기 힘들다

아직 푸른 하늘 같은
마음은 청춘

고개 들어 숨은 그림
찾아 헤매는 나를 보며

아직 햇살이 좋고
그늘이 싫어지니
미소가 절로 난다
가을 햇살에 익어 가듯
늙어 간다는 건 새로운 청
춘

수채화로 그린 봄 소식

위대한 생존

섬뜩한 칼날처럼
바람재가 밀어붙이는
골바람의 매서움도
금빛 햇살 담은 물길을 기
다린다

두릉골* 물길도 받고
바람재* 넘어온
물길도 받아
시나브로 흐르는 우산천

당마산* 하늘길 벗 삼아
긴 겨울밤 견딘 삶은
살갗 찢는 듯한 시샘
지난 그림자같이
무대에 선 모습

우산 실개천이 주는
작은 물결 같은 사랑도
동화되어 노니는
빗살무늬로
수채화를 그려 놓는
따스한 온정의 품 같은
봄소식이 가까이 들린다
접시 같은 피라미 가족

얇은 수심 살얼음
이불 삼아
피라미 야윈 모습으로
꼬리를 흔들며
안간힘을 다한

*두릉골: 두릉마을 골짜기
*당마산: 현동 중흥S클래서 서쪽에
　위치한 227.5 고지 낮은 산으로
　지시고개가 있는 산이다

눈물의 꽃 매화

긴긴 겨울밤
작은 바람에도
너는 떨고 있구나

차디찬 눈보라 속에서도
입술 깨물며
견디어 온 넌
그 무엇보다도 짙은
색을 지니고 있었다

그 누구도
부정하지 않는
붉은 입술에 담은
화려함으로
사랑 가득 담아
세상을 향해 꿈을 펼치는
위대한 생존의 꽃

고통 속에서도
당당하게 피어난
사랑의 꽃

온기가 머물고 있음을
만천하에 전하는
봄소식 같은 꽃 매화

계묘년 손님

한 손엔 과일바구니 들고
손자며느리 손잡고
미소 가득 행복안고 왔네

해가 바뀔 때마다
가슴이 텅 빈 걸 느껴질 때
메마른 가슴에
한기만 더해 가는
삶의 한가운데
마음의 벽돌을 쌓는 날

새로운 영역으로
입맛을 들게 하는
깊은 식감이 찾아든다

어제도 오늘처럼
내일도 오늘처럼

살맛 나는 날이라면
계묘년 손님처럼
반가움이 어디 있으랴

하늘이 준 복에 감사하며
계묘년 첫 하늘을
다시 한번 더 바라본다
별빛 총총한 밤하늘을

설날

해마다 찾아드는 설날
구름 한 점
바람 한 점
새 마음 새 다짐 하는 날

한 살 더 먹으며
한 삶 더 익어가는 맛
하루하루 다른 날이
다가오며 하는 말

한 줌의 사랑도
한 줌의 추억도
뒤돌아보게 하는 날

추억을 쌓아 가듯
나이는 늘어 가는 것을
뒤돌아보지 말라 하네

웃으며 보내고
또 다른 내일
미소로 맞이하는 건
온갖 아픔 이겨내고
꽃바람 맞으면서
속도를 줄여
천천히 살라 하네

그리움

별빛 내리는 밤
촛농같이 흘러내려
그리움 가득
쌓여만 간다

어둠을 밝히는 가로등도
그리움의
길잡이가 되었다가
가물거리는 불빛이 되어
억장이 무너져
그냥 흔적만 남길 뿐

그리움은 좀처럼
시야에서
벗어나지 못하는 것은
태우고 태워도
남는 건

굳어가는 촛농처럼
그리움만 남아
멍울만 커진다
허울 같은 가슴에

벽

평화와 자유가
희망으로 넘치던
보통날들도 비켜 가고
잠시 잠든 새벽형
인간의 단조로운 일상
쉽게 갈 수 없는 벽
티브이 세계 테마 여행도
신비함에 빠지게 한다

하늘이 준 유리 벽은
시야를 어디에 두고
그대와 눈 마주친다면
지금의 벽은
한 점 미련도 남기지
않는 고백

가장 아름다운 모습

연서로
오래도록 남겨진다면
그대의 갈피에서
마음의 벽에 기댄다면
벽을 허물고 싶다
가슴은 간직되고 싶은
가장 아름다운 날을 위해

눈물의 꽃

날카롭게 선 겨울
살짝만 불어오는 바람에도
너는 떨고 있구나

무명이불 덮고
차디찬 눈보라 속을 견뎌
입술 깨물며 참아야 했던 날들

고목에 피는 꽃이
그 무엇보다도 짙은
색을 지니고 있다는걸
그 누구도 부정하지 않는다

조금 이른 꽃을 피운다 해서
아름답지 말라는 건 없듯

붉은 입술에

사랑 가득 머금은 지금
만천하에 알리는
세상에 펼쳐
고목에 머물러 핀
사랑의 꽃

운해

보일 듯 말듯
숨바꼭질하며
높이 오른 것은 하늘이요
가까운 곳은 솜뭉치다

붉게 물들어 갈 때
가슴으로 숨어 우는
바람 소리처럼
작은 울림에도
숨죽여 모여든다

때로는 하늘도 되고
때로는 구름도 되어
작은 바람 등에 업고
허우적허우적 춤추다

조금 깊은 바람이

찾아들면
드디어 생을 마친다
서글픈 눈물 흔적 남기고

삶의 자유

노을이 짙게 물든 서녘
한 해가 저문다

세상 모든 아픔은
노을에 실어 놓고
돌아오지 못할 밤
선을 넘고 말았다

그대가 그려 놓은 그림
붉게 불타는 미련은
기다림의 아픔을 남겼구나

계절의 흐름 속에
시간도
어쩔 수 없다는걸

한량가

달빛이 물들어 가면
가슴 뛰어놀아 보고
별빛이 반짝거릴 땐
눈을 감고 놀아보고

해껏 소매 붙잡고
희미한 불빛 가물거리는
포차에 앉아
찾아드는 가로등 순정

추억의 술잔을 만질 때
손등 위에 눈물 떨구니
잔 속에 일렁일렁
추억 속에 마중 나온
흔들리는 또 하나 청춘

채우면 마시고

넘치면 두 손으로 걷어
새벽 여명이 찾아들 때

이곳도 저곳도
한량가에 춤추고
노래하며
남은 여생 놀아보세

빈 가슴

누구나 가슴 한쪽
빈 곳이 자리하고
그쪽에는 늘
바람이 지나가고 있다

바람으로
낙엽을 쓰다듬다가
문득 비라도 내리면
사랑하고
헤어지는 그 아픈
미련들

추적추적 빗물로
씻고 있다
바람 머문 자리 찾아들면

낙엽같이 외로워지는

거리에서
차라리 바람 되어
당신의 쓸쓸함을 만져
주고 싶다

시리고 시린 빈 가슴
채워가면서
입가에 미소 띄울 때
바람구멍 메워 주련다

너를 보며

바람에 흔들리고
비에 젖어도
슬퍼하거나 노하지 않는 너

바람 불면 노래하고
비가 오면 춤추고
어떤 연가에도
꿋꿋한 그대 모습에
박수를 보낸다

아무리 찬 서리 내려도
흔들림 없이
헤쳐 나아 간다는
강한 정신이 깃든 그 모습
본받고 싶구나

시련 속에 살아가는   우리네 인생살이
                            뒤돌아보게 하는 너

바라볼 수밖에

아련한 추억이 머무르고
빛바랜 나뭇가지
무언의 소리만 남아
사각사각한다

작은 모래바람 불어
초라한 모래성만
쌓아 놓고 서 있네

보일 듯 말 듯 한 저곳
바람 머문 자리를
바라보노라면
나뭇가지에 걸려
바람도 구름도
쉬어 가는 걸 본다

세상에 와서 내가 가진

모든 것들 다 내려놓고
머나먼 저곳에
마음을 던져

한 해가 저물어 가는
저 머나먼 곳
바라볼 수밖에 없어
걸음을 멈춘다

겨울 문

똑 똑똑 똑
누구세요?
네~ 겨울입니다
그래
겨울이 넌
똑 똑똑 똑 안 해도 알아

그냥 오면 되지
눈보라까지 데리고
왔느냐

인연이란 핑계로
우연을 만들었구나
올겨울도

화선지
위 대나무

너는 왜
흔들리는가
바람을 즐겨서
바람이 싫어서

흔들리며 춤추는
널 보면
나의 인생의 청춘

속살을 비비며
사각거릴 땐
상처받은 사랑처럼
울부짖는 모습 같구나

너는 네 몸을 숨겨
하늘로 향해 치솟아

뻗어 오르는 잎은
무서움을 모르고
도전해 나가는 형상

살랑바람 불 때 만
너의 작은 미소가
보인다
그대 굳은
내 안의 모습이

성산 일출봉

거친 파도는
나의 몸통의 심장

미친 듯이 피워 오르는
물보라는 나의 마음

세상에 지쳐
몸부림치는 인간들

언제나 나의 살집을
뜯어내면서도
고통을 즐겼다

삶을
나를 닮아 보는 것도
최고의 행복을
느낄 수 있는 아름다운
　　　　　　　　　　　삶이 아니겠는가

겨울 나그네

아련히 떠오르는 청춘
또 노을 속으로 빠져들며
숱하게 많은 겨울바람
헤치며 걸어온 나그네

노을길 따라 춤추며
이끌려 가는 갈매기 떼
어둠은 노을을 잡아 삼키며
눈을 감는다

안식하고픈 마음
가슴속 아련히 떠오르는
추억마저
노을 속에 잠재워
점점 미로 속으로
사라져 가는
노을빛 바라보며
상념에 잠길 때

팔각정 원기둥에 기대여 서서
노을에 마음을 던져 놓고
하염없이 지나가는 세월
나그네 깊은 곳까지
스미는 한기가
그 칠 줄 모르고
더해 가는 날

바람 머문 자리 찾아
코트 깃을 다시 세우며
멈춘 발걸음
두 눈에 눈물만 고여놓는다

회색빛 코트 깃 사이로
붉게 타오르는 노을
가슴으로 새겨 놓으며
차갑게 시린 겨울

삼백초 같은 내 마음에
눈물만 고여놓고서는 말

| 4부 |

삶에 흔적

부부 애

가슴과 마음이 하나 되어
남편은 평생토록
아내의 가슴이 되고

아내는 영원토록
남편의 마음이 되어
비 오는 날에는

남편은 우산으로
추운 겨울이 오면
아내는 이불이 되어

포근한 이불 속에서
서로 아픈 곳을
안아 주며 사는 것이

가슴과 마음이 하나가 된   진정한 부부 애가
아닐까

겨울 바다

뭉근히 끓어 우려내는
얼음물처럼
가슴을 차갑게
식혀주는 겨울 바다

마음을 달래 보려고
세월의 산등성이
넘나들며 여기 왔건만

겹겹이 쌓여 가로막고 있는
인고의 섬들

파도의 찌던 삶
한마디 말없이 서 있네

그 자리에 서서

바라보고 있노라니
이미 지나가 버린 청춘
그 겨울 바다와 만나네

저곳에 사랑과 청춘이
머물고 있노라고
착각을 버리지 못하고

마음 빈칸엔
겨울 바다에
마음 던져 놓고
젊음과 겨울 배낭은
또 겨울 바다를 기웃거린다

인생 붓

여백의 문을 열고
파도를 새겨 놓고 나니
익어가는 열정도
붓은 흔들리며
파도에 잠기고 만다

천년을 묵어도
그 속에
노래를 담고 있는
오동나무 바람과
맞서 싸우며
소리를 지르고 있는데

붓은 갈 곳을 모르고
선을 넘지 못하고
멈춘 자리
달빛 일렁이는

파도를 타면서도
원래의 모습을 잃지 않고
붉은빛을 발하며
별빛과 사랑에 빠진다

붓은 선을 넘고 넘어
춤추듯 상처를
새겨 쏟아 놓고

인생이란
파도를 그리고 나서야
여백에 눈물 젖은 사연들
채워 주니
술잔에 미소를 보고야
붓을 놓는다

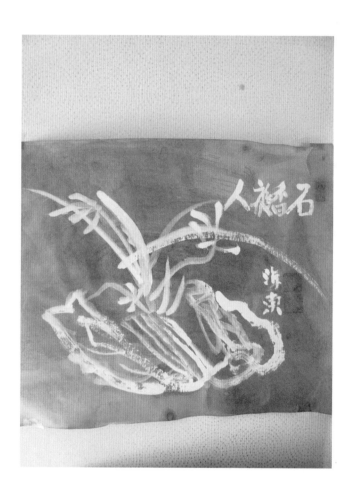

원앙새

바람에 구름 안고
하늘빛 가운데

여행을 즐기면
원앙새가 되어 간다

삶은 원이고
여행은 앙이다

삶의 여행이
시작되는 순간부터

원앙새 처럼

오동나무는
천년을 묵어도
그 속에
노래를 지녔다

매화는
평생 추위와 살아도
향기를 잃지 않았다
원앙새처럼

달빛은 천 번
이지러져도
원래 모양이 남아 있고

속살 깊은 곳에
사랑 가득하여
늘~
춤추고 노래하며
다정하게
살지 않을까

원앙은
평생을 바라보며 살아도
싫증 내지 않고

무명 화자

맑고 깨끗한 화선지
붓의 느낌 따라
춤추며
선을 넘고 넘어 멈춘다

상처가 깊어 갈수록
화선지 마당은
그리움 보고파
가득한 오색찬란
멍울이 커져간다.

가슴의 느낌 따라
마음으로 즐기는
무명화가

빛과 그림자 수를
놓고 바람을 잠재워

머문 자리 찾으며
여백만 남기고 붓은
멈춘다

땅거미 남긴
흔적을
따라
불꽃처럼 활활
타오르는 가슴을
잠재우며
마음 붓으로
조금씩 조금씩 채워간다

가을비

높고 푸른 하늘 아래
지평선 가을 들녘

가을바람 타고
찾아든 손님

실개천 실바람 속에
가을 국화 물고
춤추는 노랑나비

가을 사랑 땡볕이
나의 가슴안에도
가을 사랑 속으로
휘파람 불지 않아도
짙은 가을을 즐기며
너울너울 춤춘다

익어가면서
고개 숙인 벼
가을비 맞으면서
고개 흔들며
가을비 즐긴다

코스모스

비가 내리는 날에도
너는 웃더라

가을 햇볕이 내리 쬐도
너는 웃더라

바람에 흔들려도
너는 웃더라

코스모스라는 꽃이란
이름으로

지금도 들녘에
가을과 함께
꽃이란 이름으로
웃고 있더라

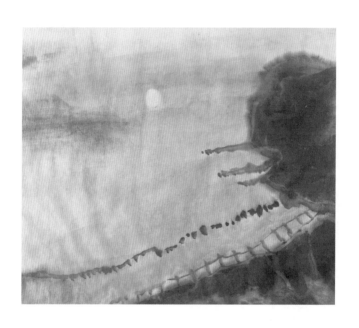

가을 언덕

가을 언덕에 서서
먼 개여울 바라보면
마음이 평화
가을 언덕에 서서

개여울 가까이 다가서
바라보노라면
마음이 조급해
눈동자가 바쁘다

그림을 그려보면
여백이 생길 때
인생을 바라본 듯

서운함과 미움이
가슴에 담긴 길을 나서듯
마음의 행복함이

찾아옵니다
또다시
가을 언덕에 서서
세상을 만져본다

아버지의 기도

고요한 절간에 앉아
두 손 합장하며
기도를 드려본다

대웅전 안 소리 없이
굴러 들어온
가을 낙엽 한 잎

세상에 너를 내놓고
뭘 했나 생각하니
참해준 것이 없어
가슴 아프다

아버지가
해줄 것이 없어
할 수 있는 건
대웅전 부처님께

기도하는 것 밖에

아버지 깊은
마음의 기도가
낙엽처럼 굴러서
너의 힘든 결정에
도움이 되어주면
더 없는 바람이다

부처님과 굴러
들어온 낙엽과 함께
기도하는 날

가을 길목에서

누에 뽕잎 갉듯 먹어 치운
이놈의 세월이
벌써 이순이 훌쩍 넘었네

지나가는 바람
나의 몸속에 여름
찌든 향수 가져간다

산그늘 찾아들 때
몸에선 어김없이 바람이 불고

아~가을이구나
이순의 슬픈 현실 속으로
어김없이 동행한다

그토록 가을을
사랑한다고 했지만

이제는 슬픔 속에 스미는
가을이 되었네

이 좋은 가을의
길목에 서서 한참 동안
산 그늘을 바라보다가
어둠과 함께 잠든다

흔적

비뚤비뚤 그려진
우리네 인생살이

가보진 않고는
모르고 나선길

아침이 오면
눈을 뜨고
저녁 어둠이 오면

밤하늘의 별과 달
내일의 소원 빌며
인생의 길을 묻는다

지나온 흔적은
가슴에 묻고서
찬란한 태양에

마음을 데우며
오늘을 즐긴다

묵언수행

청산도 말없이 살라 하고
가을바람 소리도
그냥 지나가라 하네
인생도 말없이 살다 가라 하니
어허 참!

구름도 소리는 없지만
모습은 고운데
이놈의 인생
소리 없는 눈물도
보이지 말라 하네

어떻게 쌓아온 인생을
아픔을 숨기라 하니
가슴은 멍울 되어
가을 빗소리에 젖어
슬퍼서 운다

또 하루 지나고 내일이 오면
정든 곳도 떠날 터인데

길잃은 기러기처럼
곡차에 기대어
오고 가는 술잔 속에
눈물 섞어서 떨리는 손
빈 잔이 보일 때까지
인생을 담아서

푸른 청춘 꿈속에
빈잔을 바라보고 있노라면
묵언이란 말이 가슴에 와 있네

산까치 편지

산 까치 우는 걸 보니
소식이 오려나
어디서 살고 있는지
소식이 없는가

오늘도 산까치 우는걸
보니 소식이 오려나
화선지에 새겨 놓은
상처는 그림이 되고
마음 울리는 상처는
그리움이 되더라

오늘도 바람 머문 자리에
소식 주려나
저 멀리
메아리 되어
세월 안고 흐른다

산까치 울음소리

옛 골목

시간도 빠져나가기 힘든
옛 골목
바람도 머물고 싶어 한다

비탈진 골목길
애로라지 몸부림치고
오래된 추억도 사랑도
가슴으로 맴돈다

어릴 적 꿈꾸며 뛰어놀던 곳
타향의 고달픔에
힘겹고 지친 심신
옛 골목이 안아준다

흰머리 스쳐가는 차가운
겨울바람 사이로
옛 골목   추억 안고 걷는다

저문 카페에서

세상 모든 것
비워 낼 때가 되어간다

푸른 바다 위에 붉게
물들어 가는 노을
물기 없이 버석거리는
내 머릿결 같다

한 걸음 두 걸음
걸음마를 떼던 아기였는데
어느새 저 바다 위
노을이 되었네

언젠가는 저 먼바다 위
노을같이 떠나야
한다는 걸 알기에
더욱더 서러운 것일까

우리는 어쩌면
한 그루 나무로 서서
노을을 보내고 돌아오는
허무의 철칙을
기억해야 한다

오늘도 저무는 바다 위
노을 자락에 서서
느낌도 깨달음도
바람결에 바다로
날려 보낸다

삶에 흔적

석양을 등에 지고
옛집을 둘러보니
추억 하나 더
가슴에 담는다

가슴에 일렁이며
흔적이 맴돌고
어디로 봐야 할지
마음이 자리하지 못하고
선에 머문다

무심으로 끌려가는
마음 뒤로
돌고 도는 둥근 선의 유회
방안 가득히
세월이 자리한다

이름 석 자 등에 지고
부모님 흔적
물음표 하나 쫓아
한평생 쌓아가는
나이 바람
머문 자리에서 있네

그림자

인생의 그림자
늘 따라다닌다

아무리 잡으려 해도
잡을 수 없는 그대
발자국 내디딜 때마다

그 모습 그대로
그대 그림자는
나를 바짝 따라붙었다

낮은 자세로
그대를 바라보지만
어김없이 그대도
앉은 자세로 다가와
계절의 변화에도
그대는 변하질 않는다

그대를 사랑하고
받아들이고 나서야
그대가 웃는다
그림자에 비친 내 모습
그대로

한해도 마무리할 12월
달랑 하나 남은 달력
그림자 담고
12월 바람에 흔들린다

내가 나에게

세상에 와서
나에게 가장 행복한 시간은
지금이 황금 시절이라고
나에게 말하고 싶다

세상에 와서
나에게 가장 즐거운 시간
지금이 제일 크다고
나에게 말하고 싶다

세상에 와서
나에게 가장 가슴 떨리게 하고
표정이 아름다운 건
지금이라고
나에게 말하고 싶다

이렇게 나에게 행복한

꿈을 꾸게 하는 건
나에게 시를 써주는 것이
황금 시절이라고
나에게 말하고 싶다
가장 소중한 나에게

노년의 노래

높고도 푸른 하늘 가운데
삶을 던지고 나면
배고픔의 눈물은
강물이 되고
보고픔의 눈물은
바다가 되었다

새벽이슬 맞으며
길을 나서도 보고
서쪽 하늘 노을이
저물어 갈 무렵
지친 몸 허우적거리며
집으로 간다

소낙비처럼 쏟는 추억
낙숫물 소리 따라
깊어 가는 밤

옛 추억은 연모하는 숲으로
적셔주고서
늘 그러하듯
삶의 청춘은 짧고
노년의 소풍은
 깊어져만 간다

바람 머문 곳에
삶의 지게는 내려놓고
붉은 노을 좋은 추억만 가
슴에 담아
붉은빛으로 피어나는
가로등 되어

마음을 살찌우는 시를 담아
지금도 어둠 속을
방황하는 노년들
길을 밝히고 싶구나

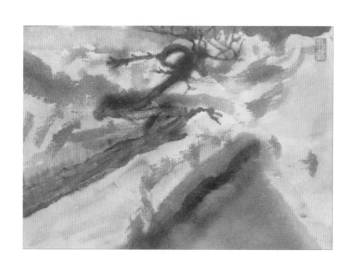

| 해동 박용인 시 평설 |

- 그리움의 향기가 풍겨나는
　　　　바람의 시인 -

박용인 시집 《삶은 여행처럼》 평설

- 그리움의 향기가
풍겨나는 바람의 시인 -

예시원(시인·문학평론가)

■들어가며

　박용인 시인은 '바람의 시인'이다. 그의 시에서는 늘 바람 냄새가 난다. 바람꽃은 바람이 많이 부는 곳에서 자라는 꽃이다. 꽃말은 덧없는 사랑이지만 시인의 작품에선 그리움의 향기가 늘 풍겨난다.

　바람꽃은 자유로운 영혼을 상징하며 산야나 바닷가 근처 어느 곳에나 대지의 에너지를 자양분으로 피어나는 들꽃이다. 바람 부는 곳에는 늘 그렇듯이 담담하게 피어있어 바람꽃이라고 부른다.

　우리는 어쩌다 이 세상에 온 존재인지 그 근원적인 고뇌와 성찰을 탐구하는 사람도 있고, 그런 번뇌와는 거리를 두고 잘 먹고 즐기며 잘사는 것에 더 관심을 두고 사는 사람도 있는데, 그건 각자의 입장과 견해일 뿐 무엇이 옳은 삶인지의 정답은 있을 수 없다.

시집 《삶은 여행처럼》의 제목처럼 인간사 여행길도 정해진 항로가 따로 있는 게 아니다. 매 순간 여행지에서의 수난사나 행복했던 이런저런 에피소드는 있을 수 있겠지만 그 역시 미리 계획된 일은 아닌 것이다. 인생항로가 방향과 목적 없이 무작정 떠나는 소풍처럼 불확실할 땐 그 등대 역할도 본인의 굳건한 의지에 달린 것이다.

고향으로 돌아가듯 하늘로 귀천하는 날엔 천상병 시인이 쓴 '소풍' 시나 테니슨의 시 '눈물이, 부질없는 눈물이' 두 작품이 비교되는 것처럼, 누구나 이 세상에 온 목적에 맞게 살다가 돌아갈 때 웃으면서 신발 벗기를 원한다. 많은 사람들이 인생은 그냥 사는 것인데도 불구하고 자꾸만 그 속에서 해답을 찾으려고 하니 불안하고 답답해진다고 한다.

박용인 시인은 그런 대중들의 불안함을 함께 느끼는 게 아니라 그 느낌을 시라는 매개체로 활용하여 바람 속에서 바람과 함께 먼지처럼 날려버리는 카타르시스의 시 쓰기로 치유를 해내고 있다. 바람은 멈추라고 해서 멈춰지는 게 아니라 함께 어울려서 호흡해야만 살아갈 수 있는 것처럼 인간이라는 존재도 마찬가지다. 박용인 시인은 그것을 시 쓰기를 통해 일찌감치 발견해낸 것이다.

'비스와바 심보르스카'의 시처럼 인생에는 연습도 없고

'두 번'은 더더욱 없다. 한 번의 시간은 다시 되돌릴 수도 없고 거슬러 시간여행을 떠날 수도 없지만 단지 시공을 초월한 추억여행은 오갈 수 있다.

산길을 걸을 때 힘들거나 들판을 걷다가 주변을 볼 때 환하게 웃는 느낌을 주는 꽃을 볼 수도 있다. 함지박을 닮아 함박꽃이라는 이름을 붙여준 것도 사람들의 느낌에서 출발한 것이다. 바람꽃도 그런 범주에서 크게 벗어나지 않는다.

바람을 닮은 바람의 시인 박용인의 '새로운 시작' 그 바람의 세계로 함께 여행을 떠나본다. 느닷없는 드센 바람이 지나가고 건듯 부는 작은 바람이 조용하고 부드럽게 뺨을 스치고 어루만지며 지나간 상처를 달래주고 있다.

어제의 그 바람이 오늘의 이 바람이 아니듯, 내일의 바람은 더 부드러워질 것이다. 조용한 오늘과 같은 조용한 내일도 함께 올 것이다. 마음을 내려놓으면 추억도 물처럼 흘러갈 것이다. 이제 박용인 시인과 함께 새로운 바람속으로 들어가 본다.

바람 불어오면
날아갈세라

비 오면 젖어서

지워질세라

바람꽃처럼
미소만 머금고 있네

영원이라는 흔적 속에
가두어 두고 싶지만

또 ~
바람에 흔들리고
비에 젖을세라

하늘만 바라보며
구름에 눈 맞춤한다

바람 머문 자리
쉼표 하나 찍어놓고

까치발 들고 서서
다시 한 번 고개 들어

짝 잃은 먹구름 등에 업고

시와 늪
바라기 되어간다

-〈새로운 시작〉전문

　박용인 시인의 삶은 시간이 텅 빈 자국이라곤 없이 사특한 이들의 달구침이 몰아치는 것처럼 늘 긴장의 연속이었다. 그런 만큼 상처도 많았지만 곰삭은 가드 락 김치나 무짠지처럼 진국의 맛이 배어나는 재미도 있었다.

　대단한 사람도 아닌 세상 어디에나 있는 그런 보통사람일 뿐 지금까지 아무런 후회나 불만도 없다. 공연히 힘스레 나래쳐 보아도 붉은 저녁놀의 맨살처럼 조용히 강여울에 부는 바람이었을 뿐이다.

　새로운 시작은 늘 새로운 바람일 것 같지만 꼭 그렇지는 않다. 어제의 그 바람이 지나면 오늘의 새바람이 온다고 어떤 희망을 가지고 있을 뿐이다. 바람은 언제나 우리 곁을 지켜주고 늘 함께 해주었을 뿐이다.

　세상의 시작과 끝 알파와 오메가는 붉기만 하다. 어제 본 그 일출은 오늘 아침에도 붉기만 하고 어제 사라진 석양도 한 바퀴 돌아 여전히 붉기만 하다. 기나긴 기다림의 끝은 무엇인가 찾아 헤매도 다시 새로운 시작과 끝없는 윤회의 사슬에서 제자리를 맴돌며 그 끝은 보이지 않고 그냥 뫼비우스의 띠처럼 돌아갈 뿐이다.

박용인 시인의 그 마음은 4연에서처럼 '영원이라는 흔적 속에/가두어 두고 싶지만' 어제의 그 기억조차 바람처럼 붙들어 맬 수 있는 것이 아니기에 그저 흘려보내야만 한다. 여기서 박용인 시인은 '바람 머문 자리/쉼표 하나 찍어놓고' 까치발로 고개 들어 시인의 길을 가고자 염원하고 있다.

'새로운 시작'에서 새로운 사랑은, 없었던 행위를 새로 하는 것이나 새로운 마음가짐이 아니라 달리는 자동차처럼 변속기를 바꿔 속도를 더 높이겠다는 각오와 다짐의 의미라고 할 수 있다. 또한 '새로운 시작'은 체질을 바꾸는 변신이라기 보단 2단계 박차를 가하겠다는 의미와 함께 기존의 것에서 격이나 품질을 높여보겠다는 의지의 표명이라고 할 수 있다.

이제 '새로운 시작'은 시작되었고 보다 긴 호흡으로 여유 있게 가면서 추동력을 내려면 중간보다 성능이 좋은 배터리를 장착해 주는 게 중요할 것이다. 인생은 벗겨지지 않는 가면과 같다. 화려한 조명이 꺼지면 무대에서 내려온 배우들은 번데기처럼 허물을 벗는다. 동안(童顔)의 젊은이가 화장을 지우면 삶의 피로에 지친 중년 사내가 나온다. 여기서 박용인 시인은 다시 한번 까치발을 들고서 고개를 든다.

버선 꽃길 힘찬 그 날
해묵은 세월에 지쳐

어우렁더우렁 친구랑
걸어 보니

넘실이 자랑하듯
하구 강둑 부딪쳐

들리지 않는
우정의 대화마저
삼키고

교량 길 달려드는
자동차 타이어
굴러가는 소리에

우리 청춘도 깔아놓고

달려 또 달려

우리 손목 잡아

가기 싫은 발걸음
또 재촉 하는구나

여기 놓아둔 쉼
한 번 더 쉬어가며

노을이 멀어져
서쪽 하늘 기울 때

미소 머금은 얼굴로
발걸음 멈추어 둔다

-구포 하구 뚝에서-

-〈수국길 사연〉전문

    수국길은 구포 하구 둑길에도 있지만 태종대가 있는 영도 태종사 길에도 봄이면 만개하여 상춘객들을 맞아준다. 그 모양이 함박꽃처럼 뭉쳐져 있어 활짝 웃는 모습으로 피어있는 것처럼 보이지만 어찌 보면 단단한 주먹을

움켜쥐고 파르르 치를 떨고 있는 모습 같기도 하다. 그래서인지 수국의 꽃말은 냉정, 무정, 거만함의 의미를 가지고 있다.

일반적으로 6~7월에 피는 꽃이지만 남쪽 나라 부산이나 여수 등 해안지방에선 5월경이면 피어나 사람들에게 낯을 드러낸다.

수국은 슬픈 전설을 간직하고 있는 꽃이다. 옛날에 '국'이라는 예쁜 소녀와 '수'라는 잘생긴 남자가 있었는데 '수'를 좋아하는 소녀 '국'이 사랑의 마음을 보였지만 '수'는 언제나 차갑고 무정하게 대하던 중 절벽에서 안타깝게 '국'이 떨어져 죽고 말았다. 죄책감과 상실감으로 괴로워하던 '수'마저 절벽에서 몸을 던진 안타까운 사연이었다. 그 뒤 그들의 무덤가에서 피어난 꽃이 바로 수국이라고 한다.

박용인 시인은 작품 '수국길 사연'에서도 인간사에서 흔히 있을 법한 애틋한 사랑의 아픔과 삶에서 느끼는 차갑고 무정한 현실의 일상을 문학적 수사법으로 잘 표현하고 있다.

'버선 꽃길 힘찬 그날'은 우리네 삶에서 순수한 청춘의 시기를 말하며 남녀 사이에선 신혼이나 연애 시기의 열망을 의미한다. 그 힘찬 청춘의 시기는 안타깝게도 길게 가지 못하고 현실의 그늘에서 '해묵은 세월에 지쳐' 중년과

장년을 지나가는 게 일반적이다.

'교량 길 달려드는/자동차 타이어/굴러가는 소리에/ 우리 청춘도 깔아놓고'에서 도로에 깔아놓은 청춘은 곧 현실의 늪에서 생존을 위해 허우적대던 속절없는 시간의 안타까운 마음을 표현하고 있다.

누구나 그러하듯 지나간 시간은 너무 무정하게도 화살처럼 빠르게 느껴진다. 여기서 상징적인 '자동차 타이어'는 인간사에서 생존을 위해 먹고 사는 전투를 치르기 위한 삶의 현장으로 이동하는 매 순간마다 '자동차 타이어'를 이용하지 않으면 공간이동이 불가능한 현실을 의미한다.

그 '자동차 타이어'는 현대인에겐 생존이며 실존의 도구가 된 지 오래 되었다. '자동차 타이어'가 움직여야만 사람들이 살아있는 것이고 멈추면 곧 죽은 것처럼 시간이 멈춰질 것 같은 공포감과 고통이 엄습해올 수 있다.

시공간을 초월하거나 이동하는 수단이 곧 '자동차 타이어'이기 때문에 그것은 곧 우리의 다리이며 발이라고도 할 수 있다.

5연의 '교량 길'은 생존의 현장으로 연결된 거대한 다리이며 발이라고 할 수 있고 작은 여러 개의 다리와 발을 연결해주는 구조적인 시스템이며 컨베이어 벨트라고도 할 수 있다.

어차피 가야할 길이기에 '가기 싫은 발걸음/또 재촉하는 구나'라고 하면서도 발을 내딛는 것은 내남 없는 우리네 삶인 것이다. 그래도 안도의 한숨을 내쉬는 순간이 늘 우리를 기다리고 있다.

'노을이 멀어져/서쪽 하늘 기울 때/미소 머금은 얼굴로/발걸음을 멈추어 둔다' 이 장면에선 남자들의 고단했던 군 복무 시절 부르던 '팔도 사나이'가 떠오른다. '보람찬 하루해를 끝마치고서/두 다리 쭉 펴면 고향의 안방'

가기 싫어도 가야만 하는 차갑고 무정하던 구포 하구 수국길을 다시 돌아오는 해거름엔 이렇듯 푸근한 저녁이 기다리고 있다. 불타는 노을이 내려앉은 맛있는 저녁상에 반주 한 병은 세상 시름 잊게 해주는 내님의 사랑이다. 여기서 '자동차 타이어'는 시인을 원래 제자리로 돌아가 편안한 휴식을 취하게 해주는 교량 역할을 해준다. 실존의 다리로 다리 위를 이동하고 있는 것이다.

바람 따라 나선 구름
한 점 멈추고 서서

살포시 내려앉은
안개비

바위틈 끝자락 온힘을
모아모아 버티는
바람꽃

바람 머문 자리 기다림
미동도 없이 서있다

안개비 살짝 내려주니
바위틈 사이 눈물 되어

지나온 고달픔도
눈물로 씻어주고

바람에 흔들리고
비에 젖어도
바람꽃 미소로 답하니

영원히 간직된 한 몸
영혼으로 꽃을 피운다

-〈바람 꽃〉전문

바람 길엔 언제나 크고 작은 아나하게 소리치는 바람 살결이 떨고 있다. 바람은 늘 우리네 삶에서 길삶이 동무로 곁을 지켜주고 있다. 철없던 시절 방황하던 날들도 애옥 살이 하던 드난살이 시절도 비금찬 바람의 소리는 쉬지 않고 들려온다.

바람꽃은 한곳에 머물지 않는 자유로운 영혼이거나 그 영혼을 지닌 사람을 의미한다. '바위틈 끝자락 온 힘을/모아 모아 버티는/바람꽃'도 이제 곧 마음을 놓은 채 자유로운 영혼이 되고 만다.

버티는 동안은 인간사 집착이며 욕망의 덩어리가 끈적끈적한 순간이기에 아주 큰 고통의 시기일 뿐이다. 그것만이 전부인 듯. 그렇지 않으면 죽을 만큼 고통이 따라올 듯 엄습하는 두려움을 떨쳐내지 못하기에 악착같이 버티고 또 버티는 것이다.

'지나온 고달픔도/눈물로 씻어주고' 바람꽃 미소로 답하는 시간이야말로 삶의 희로애락을 다 맛본 이후 진국을 아는 이의 여유로운 미소라고 할 수 있다. 불가에서 가섭이나 관세음보살이 짓는 염화미소(拈華微笑)처럼 마음에서 마음으로 전하는 이심전심(以心傳心)과 같은 것이다.

순수한 맨발의 사랑으로 왜장치던 철부지 젊은 날도 눅진한 무쇠 구두처럼 바람과의 인연이 없다고 생각되는 중년 이후에도 이미 바람 속에서 삶을 보낸 것이다. 그 마음엔 신신한 믿음이 있었고 바람도 우리의 믿음을 저버리지 않고 다시 첫가을 동풍처럼 한 바퀴 돌아 제자리로 오는 것이다.

생각해보면 사람의 일은 알수 없는 것이지만 그리운 마음으로 꽃잎이 온 것처럼 박용인 시인의 인생도 그렇게 만만치 않고 심심하진 않았을 것이다. 바람의 마음을 읽는 다는 것은 산전수전 공중전까치 치르면서 추운 겨울을 지나 따뜻한 봄이 오는 순환의 길목에서 다시 꽃이 피는 만화방창(萬化方暢)을 기다릴 줄 안다는 것이다.

바람꽃은 언제나 바람길 한가운데에 있고 그 주변엔 바람 속에서 살아가는 인간의 삶이 존재한다. 내남없이 누구나 그러하듯 박용인 시인도 예외일 수는 없다. 바람꽃을 노래하는 그 마음은, 지나간 바람의 시간을 다시 에돌아 지구를 한 바퀴 돌고 돌아온 바람을 다시 맞이하며, 젊은 날 맞았던 바람의 기억을 회상하는 것이다.

산허리 자락마다
붉은 띠를 두른 채
몽골몽골 맺혀 있는
꽃 멍울들

금방이라도 안전핀
빠져 버린
수류탄처럼 위험을
안고 있다

검붉은 멍울 속에
수많은 아픈 사연들
가득 지닌 채

작은 바람에도
고개를 휘젓고 흔들리며
위험천만한
사랑할 준비를 한다

바람 잠시 머문 자리
안전핀을 뽑고서
사랑과 슬픔을 토하며

새로운 봄 산
물들려 놓으며
세인들 가슴을 툭!
두드려 주면

그리움 가득했던
가슴을 어루만져
봄 꽃향기를
퍼트려놓고 만다

- 〈안전 핀〉전문

　　사랑의 아픔과 상처 또는 결실도 매우 역동적이고 격
렬함을 안고 있다. 붉은 봄꽃은 더욱더 그러하다. 온통 붉
은 노을 같기도 하고 연분홍 같기도 한 진달래의 빛깔은
뭇 여성들의 마음을 설레게도 하지만 남성들의 가슴도 싱
숭생숭하게 만들기도 한다.

　　봄엔 빨가장이 가시나무에 꽃이 핀다. 술 막길에 아카
시아 향기가 진동할 땐 뙤 창 너머 찔레꽃도 함께 벙글고
독사 가시 품은 장미꽃도 만발한다. 봄엔 천지가 순수한
옷으로 갈아입지만 이내 온통 붉으레미한 바다가 되고 만
다.

　　봄 향기에 취하고 그 가시에 찔리면 날궂이바람 같은
꿈이 되고 만다. 여기 '안전편'에서 '검붉은 멍울 속에/수
많은 멍울 속에/수많은 아픈 사연들/가득 지닌 채' 위험
한 사랑을 준비 중인 봄의 전령사들은, 순간 화려했던 화
무십일홍의 외출로 바닥에 핏빛 살비듬만 쌓이고 햇살 가

득 품었던 푸른 잎새와 줄기, 독기어린 가시만 남아 불땀을 흘리고 있다. 가시만 잔뜩 품은 채 버티는 저 봄의 여왕들은 어찌할 것인가.

모든 화려한 사랑 뒤엔 책임감이 따르게 된다. 장미꽃 뿌려진 데를 꽃길이라고 부르지 마란 것도 가는 발자국마다 핏방울이 붉기 때문이다. 복사꽃 뿌려진 데를 꽃길이라고 부르지 말란 것도 가는 발자국마다 꽃물 향기가 짙기 때문이다.

가슴이 봉그슴하다고 다 마음꽃이 사랑의 맨발처럼 순수하게 아름답진 않으니 그것이 산다화(山茶花)인지 가시 돋친 장미인지 잘 구분해야 하는 것도 그런 이유에서다.

그럼에도 불구하고 세인들의 가슴이나 박용인 시인의 가슴에도 '새로운 봄산/물들어 놓으며' 안전핀을 뽑고서 사랑할 준비를 하고 있으니 꾹꾹 눌러놓았던 그리움과 설레는 마음을 어찌 더 제어만 하고 있을 것인가.

이미 봄 꽃향기를 온천지에 퍼트려 놓고야 말았다. 이 시에선 봄 향기의 의미와 현실, 안전핀이라는 상징적인 연결고리를 둘러싸고 다채로운 이야기가 어우러지면서 지적인 쾌감과 재미를 아울러 선사해주고 있다.

사랑하고 싶을 땐 목숨을 걸라고 했던가. 박용인 시인은 이미 이판사판 공사판인 봄날에 "더이상 참지 못 하겠다"며 안전핀을 뽑아 던져버렸다. 맑은술 한잔에 꽃잎 하나 띄우고 봄 향기에 취하고 꽃향기에 취해본다.

온몸에 음양각
세월을 서룩 하고
골 깊은 사연들은
겹겹이 쌓고 쌓아
어머니 살아온 길을
사리사리 엮어
갈라진 손마디로 모
난 생 다듬으며
속으로 탑을 쌓은
동그란 어매 마음
애달픈 옹이 부여잡고
부엉이 밤새도록
울고 운다

　　　　　　　　　　－〈소나무 멍울〉전문

　　두견새가 우는 밤이나 부엉이가 우는 밤이나 애절한
사연이 있긴 마찬가지겠지만. 골 깊은 사연들을 겹겹이
쌓아간다는 건 천불천탑처럼 오랜 세월 굴곡진 삶을 살아왔다는 방증이기도 하다.

온몸에 음양각을 새기며 소나무가 구불텅 뒤불텅 자리를 잡아온 세월의 흔적이 켜켜이 쌓인 것이나 마음속에 차곡차곡 인고의 탑을 쌓은 것이나 매한가지인 것은 한 생의 노을처럼 기우는 시간의 흔적이기 때문이다.

모든 나무가 그러하듯 사람들의 삶의 모습과 크게 다르지 않은 것이 나무나 사람이나 세월이 흐르면 잘 생긴 나무는 산을 떠나고 못생긴 나무가 산을 지키기 마련이다. 사람 인재나 나무 재목이나 반듯하면 어딘가에 쓰임새가 있기 마련이다.

그 나무를 떠나보내며 말없이 산을 지키는 소나무는 사람들의 세상으로 보면 자식은 반듯하게 키워 세상 밖으로 내보내는 의인화된 부모의 모습과 같다고 할 수 있다. 그것이 삶이며 여행이다.

부모의 마음은 늘 그러하듯 자식을 위해 세파에 이리 저리 부딪히면서도 속으로 인고하며 소나무처럼 구불텅 뒤불텅 휘어지고 상처를 참아가며 옹이를 만들고 오래된 나무가 되어 가는 것이다.

못나면 못난 대로 아름답고 잘나면 잘난 대로 멋이 있는 천년의 바람 속에 태고의 모습으로 어제 그 자리 오늘 그대로 굳세게 지키며 소나무 멍울을 안고 있는 것은 부모라는 마음의 나무다. 그 나무는 길게 속울음 삼키며 산을 지키고 세월의 긴 한숨을 넉넉하게 내쉬며 기다림의 인내를 온몸으로 보여주고 있다.

박용인 시인은 '소나무 멍울'에서 어머니의 슬픔을 떠올리며 회한의 사모곡을 부르고 있다. 그 애틋한 마음이야말로 자연 속의 억새풀에서 아버지 냄새를 맡는 그런 것과 크게 다르지 않다.

소나무 고목 밑둥치 같은 허물어져가는 육신을 이끌고 혼자 쓸쓸히 경로당을 지키듯 말없이 엎드린 바위는 하고 싶은 말 다 뱉지 말고 아끼며 살라한다. 억새풀에서 그렇게 아버지를 만나듯 박용인 시인은 소나무 멍울에서 오래된 어머니의 향기를 만나고 있다.

이 작품에선 소나무의 삶과 죽음, 연결과 분열이 되풀이되는 과정을 현실 속에서 인간의 삶으로 투영시키며 의인화된 어머니의 숭고한 삶으로 승화시켜내고 있다. 어머니의 갈라진 손마디로 다듬어 속으로 쌓은 탑은 천불천탑이었고 밤새도록 울고 우는 부엉이를 통해 세월의 강과 현실의 다리가 이어졌다. 다시 분열을 낳는 순환의 과정은 끊어지지 않은 뫼비우스의 띠처럼 연결되고 있다.

세상을 품어
무엇 하리오

하늘색 치맛자락
버선등에 세우고

한 많은 하늘 끝에
너의 꽃잎 던져놓으니

바람은 슬며시
옷고름을 풀어주고

썩어가는 몸뚱어리
보라색 꽃 피워

간들바람이 던져준
꽃잎 술잔에

못다 한 사랑 새겨주니

그리움 한 가닥
벗어 놓고 가는구나

-〈슬픈 매화〉전문

'매화는 일생 추워도 향기를 팔지 않는다'고 했다. 실제로는 매실나무에서 2~4월에 흰색 또는 분홍색 꽃이 피며 향기가 아주 강하게 풍겨난다. 꽃말이 고결한 마음, 기품, 결백, 인내라서 그런 지조를 강조하는 말이 나온 듯하다.

박용인 시인의 작품에서는 '세상을 품어/무엇 하리오'라며 허허롭게 시작하며 바람 앞에 옷고름을 푸는 안타까운 마음을 노래하고 있으며, 때로는 슬픈 추억마저도 아름다움으로 노래 부를 수 있다는 것을 보여주고 있다.

'한 많은 하늘 끝에/너의 꽃잎 던져 놓으니' 회한에 가득 찬 그리움으로 슬픈 사연을 떠올려보지만, 그 꽃잎 담긴 술잔을 쥐고 애틋한 마음으로 들이키면 봄의 환희를 느끼면서 마음을 나누는 듯하다.

여기서 화자(話者)의 슬픈 매화는 그리움 한 가닥 남겨 놓으며 떠나갔지만 이내 다시 화자가 그 꽃잎을 붙들어매며 어울 렁 더울 렁 함께 봄밤의 잔치를 즐기고 있는 것이다.

바람은 봄을 먹고 한번 떠나면 다시 돌아오지 않을 것 같지만 다시 돌아와 매화 향기 가득한 들판에서 섬진강 재첩국 한 그릇에 어린 쑥, 냉이까지 세상 안에서 세상 밖을 다 먹는 것처럼 넉넉하게 그 봄을 맞이하게 된다.

갈 길은 먼데 벌써 석양빛은 붉게 물들고 데데한 나귀

등에 오른 선비의 맘은 에나로 달빛을 그리워한다. 오는 봄 매화 향에 맘이 흔들려 아나하게 겨울옷을 벗었더니 시망스런 강풍 폭설에 치를 떨고 만다.

천리마라면 벌써 임 향해 달려갔겠지만 아무리 발싸심해도 제자리걸음이고. 어차피 도착할 때쯤이면 계절이 바뀌어 있을 것이기에 선비는 제자리에서 사정없이 봄꽃 향기에 취해 뱃놀이나 즐기고 있다.

박용인 시인의 슬픈 매화는 그리움에 치를 떨며 몸부림치는 격정의 봄날이 아닌 잔잔하게 옛 추억을 떠올리며 서정적인 이미지를 잘 그려내 주고 있다.

겨울 오동도에 동백꽃 피면 그 꽃이 더욱 붉고 아름답듯 지리산 자락에 매화꽃이 피어야 진정한 봄이 온 것임을 알 수 있는 것이다. 매화 향기엔 봄도 여름도 계절이 따로 없고 이미 화자의 마음 깊은 곳에서 향기가 품어져 나와 바람과 함께 둥기당기 춤을 추고 있다.

찬 서리 깊은 밤
푸른 잎 자랑 하고파

한 잎 조각 나뉜
뿌리 깊은 사랑

애 태우다

파란 입술 인연 되어
수묵화 여백
사랑가득 채웠어라

-〈죽竹 사랑〉전문

대나무 잎새는 줄기의 청초함과 기품 있는 지조처럼 바람에 사각거리는 댓잎 소리조차 모자라지도 남지도 않게 세상일에 관심을 두지 않으며, 찬 서리에 맑은 기운을 자랑하고 있어 청죽(靑竹)이라고도 부른다.

초록의 신비와 그 의미는 평화와 편안함이다. 가시광선의 중간에 있기 때문에 중립과 조화를 상징하며 초록은 친환경적인 색깔이어서 늘 우리에게 기시감이 있는 색상이기도 하다.

'한잎 조각 나뉜/뿌리 깊은 사랑/애 태우다' 산산이 흩어질 듯해도 향기를 품지 않은 채 진정한 지조를 지키며 사랑을 할 수 있는 것도 대나무이다. 한겨울 눈꽃 속에서 핀 청죽(靑竹)은 그 기품이 더욱 빛을 발하며 봄바람 살랑이는 계절에는 푸른 향기를 진하게 풍긴다.

화려하진 않지만 그 파란 입술을 수묵화로 그려낼 때

흰 화선지에 여백을 더욱 은은하고 여유 있게 만들어주며 깊은 향기를 풍겨주는 게 바로 대나무와 그 잎새다.

그 꽃말은 지조, 인내, 절개를 나타내며 대나무의 줄기를 곧게 쪼갠 모양과 같이 원칙대로 일을 해결하는 성격을 '대쪽 같다'라고도 표현한다. 그래서 영원히 변치 않는 의리와 절개의 상징을 대나무에 비유하기도 한다.

박용인 시인은 죽(竹) 사랑을 통해 그 기백도 닮고 싶겠지만 그보다도 수묵화를 꽉 채워주면서도 넉넉하고 여유롭게 여백의 미를 남겨주는 그 에너지를 더 사랑하고 싶은 마음을 작품에서 드러내고 있다.

실제로 수묵화에서 풍겨나는 그 흰 여백은 공간이라기보다 대나무의 힘찬 기운이 그 공간을 꽉 채워주고 있다. 죽(竹) 사랑은 그 죽(竹)의 기운을 받고 싶은 마음의 표현이기도 하다.

작품에서 시인은 '지금 여기'에 집중하면서 대숲에서 느끼는 경험들을 공감적 이해를 통해 있는 그대로 표현하며 독자와 함께 호흡해 볼 것을 시도하고 있다. 죽(竹) 사랑을 통해 내면에 숨겨진 감정과 충동을 밖으로 꺼내어 자연과 함께 에너지를 나누며 정화를 해나가는 순간이기도 하다.

마음을 냉동실에
두지 말아요

냉동실에 오래 두면
믿지 못하고 상해요

기간이 지나면
해동이 필요해요

너무 숙성되면
해동 하더라도
본 모습을 찾기가
힘들어요

냉동 보관 중인 사랑을
이제는 꺼내어
맛있는 요리를 하세요

단맛 쓴맛 신맛
매운맛까지
한꺼번에 맛볼 수 있지
않을까요

냉동실이 지켜준 사랑을

- 〈숨겨둔 사랑〉전문

마음을 너무 아껴두면 때론 손해를 볼 때도 있고 그 마음을 알리지 못해 애태우다 오히려 불필요한 오해로 마음을 상하기도 한다. 마음을 전하고 통하기란 참으로 어렵고 오묘하기도 하다.

좋은 일이든 나쁜 일이든 마음을 전하는 일은 즉시타(卽是打) 한방이면 해결되고 즉시성(卽時性)을 통해 어떤 것을 순간순간 바로 이루는 것이 시간을 지체하는 것보다 좋을 때가 있다.

박용인 시인은 '숨겨둔 사랑'을 통해 장기보관을 해두었다가 다시 꺼내어 숙성된 맛으로 요리를 해서 한꺼번에 맛을 보고 싶다고 표현을 했다. 그것도 어느 정도 적당한 기간을 두고 해야지 너무 오랜 시간을 지체하면 해동 시간도 필요하고 신뢰를 받기 어렵다는 것을 말해주고 있다.

'냉동실이 지켜준 사랑'은 알맞게 적당한 기간에 해당된다. 그것을 적당함의 미덕 또는 적당함의 미학이라고 표현을 해보면 알맞게 숙성된 순간이 가장 좋다는 것이기도 한다. 그것은 충분히 익숙한 상태가 되어 맛과 향기가 최적의 상태를 유지하는 때를 말한다.

어느 가수의 노랫말처럼 '너무 아픈 사랑은 / 사랑이 아니었음을'이라고 한 것도 모든 사랑의 마음을 한마디로 함축해서 표현한 것이다. 표현해야 할 때 표현하고 말해야 할 때 말해주어야 한다. 너무 시간을 지체하면 사랑이 식거나 쉬어버릴 수도 있기 때문이다.

'그나마 냉동실이 지켜준 사랑'은 변질되지 않고 잘 숙성시켜 알맞은 때를 만들어 주었으니 화자가 말하는 '숨겨둔 사랑'은 이제 그 빛을 발할 순간이 온 것이다.

어쩌면 맛있게 잘 익은 술을 꺼내 향기를 음미하고 한 모금 넘겨보는 짜릿한 순간일 수도 있다. 그 사랑의 마음을 이제 진실 되게 열어 보일 때가 왔으니 어찌 설레고 기쁘지 않을까.

박용인 시인은 여기서 놓치기 쉬운 감정을 더 지체시켜 불안하게 만들기보다 느낌의 공유와 함께 호흡하는 시간을 통해 더 행복해질 수 있는 긍정의 해법을 제시해주고 있다.

보람, 성취감, 자기만족은 남이 해주길 바라기보다 자기 스스로 개척해나갈 때 진정한 행복감을 느낄 수 있게 된다. 산에 올라가는 등산로와 하산하는 길은 여러 갈래일 수 있다. 심리적으로 허우적거리며 헷갈리기보다 가장 알맞을 때 지체 없이 그 '순간'을 활용하는 것도 삶의 지혜

일 수 있다.

먼 들녘
한 줌의 바람 스치면
괜스레 눈시울이
붉어진다

겉으로는
많은 것을 가진 것처럼
당당한 모습이지만
허한 가슴이 텅 비어가는
어느 날 오후
벌써 인생이 여기까지
왔는데

정말 나의 심정을 적어 놓은
이 소중한 오후 역사는
해넘이가 저 산을 넘은 뒤에도

다시 뜨는 태양같이
다시 올 수 없다

잡아야 할 것
놓아야 할 것
머리로는 하지만
가슴과 마음에는
바람 한 점
일지 않고 있는 지금
아직도 쌓아 놓고
싶어지는 건
슬픈 오후의
역사 되어 버렸다

가슴과 마음에 목발을 짚고서라도
초월하는 나는
세상을 향해 말을 타고 달리고 싶다
내 시야에 석양이 사라지기 전에

-〈어느 날 오후〉전문

　'어느 날 오후'에서 시인은 화자(話者)를 1인칭 '나'로
시작해 자신의 이야기를 전개하고 있다. 하루로 출발한
인생 항로가 '벌써 인생이 여기까지 왔는데'로 이어진 것

은 화자가 피로감이 누적된 황혼의 나이에까지 이르러 슬픈 오후의 역사처럼 회한에 잠겨 생을 반추하기 때문이다.

시인은 뒤안길에서 '잡아야 할 것과 놓아야 할 것'을 구분지어 정리하고 싶지만 지금도 여전히 '세상을 향해 말을 타고 달리고 싶은' 마음이 교차하며 내면의 갈등을 부추기는 접점이 '가슴과 마음에 목발을 짚고서라도'에서 멈추고 있다. 아직도 열정이 되살아나지만 차분히 마음 정리를 해 나가야 할 시점에 온 것이다.

묏부리 너머로 줄 산 따라 이어진 진홍빛 하늘 강은 지구촌 저쪽 끝으로 넘어가 그들의 세상을 새로 시작해주려고 한다. 아쉬운 마음이야 달랠 길 없겠지만 시간의 강 앞에서는 마음 정리를 하고 휴식을 취해줘야만 한다. 여기서 화자는 잔잔한 독백과 깊은 내면의 호흡으로 긴 한숨을 내쉬고 마무리를 짓고 있다.

이 작품에서 박용인 시인은 '목발'이라는 상징물로 타자 지향의 시 쓰기보다, 자신이 처해진 유폐적 걸림돌인 상황과 세상을 향해 말을 타고 달리고 싶다는 자유로운 상황을 평행선상에 놓고, 밀고 당기는 심리적 갈등 속에서 치열한 사투를 벌였던 것이다.

그 자아는 지금 불안함 속에서 지금까지 달려온 과거의 모습과 현재 그리고 미래의 시공간을 향해 계속 달릴 것인지 말지 고민하는 심각한 정체성의 존재를 단단히 결박하고 새로운 출발을 시도하고 있다.

4연의 '가슴과 마음에는/바람 한 점/일지 않고 있는 지금' 현 상황은 터지기 일보 직전의 폭탄과 같은 심리상태를 그나마 '목발'에 의지해오던 일상에서 벗어나 이제 그 목발을 버릴 준비를 하고 있음을 알 수 있다.

여기서 '목발'의 의미는 상처받은 자아를 받쳐주는 보조도구 역할이다. 그나마 심리적 불안이 극심한 상태에서 목발이 지탱해주어 더이상 어두운 그늘 속으로 걸어 들어가는 것은 애써 피해온 것일 수 있다.

시인은 '과거의 나' 보다 '지금의 나'와 '미래의 나'가 보다 더 행복해지고 싶은 것이며, 불안한 자아를 이제 서서히 치유를 통해 '정신적 번영상태'로 지향해나가며 스스로 삶에 대해 만족하고 스트레스로부터 자유로워지며 '삶에 대한 주관적 만족도'를 높여 나가고 있는 것이다.

그것은 복잡한 미로 찾기 게임보다 화자(話者)는 먼저 그 출구를 일찌감치 찾아놓고 있음을 알 수 있다. 시를 통해 화두를 제시하고 있어도 마음은 이미 느긋하니 그것이야말로 힐링(healing)이 아닐 수 없다.

푸른 하늘 한가운데

쉴 곳을 찾는
하얀 구름 한 점 같이
기나긴 겨울밤 헤쳐 나오며
끝도 시작도 없이
돌고 돌아온 세월에 묻은
끝없는 하늘길

세월 먹는 바람을 친구 삼아
이리저리 불어 주면
주는 대로
이 모습 저 모습으로
숨바꼭질하며 숨어 놀다
동지섣달 끈 떨어진 연처럼

꼬리를 흔들며 날다
나뭇가지에 걸려 애태우던 날도
속으로 삭이며 잠들어 보낸 날도
겨울날
모질게 매달려있는
대왕참나무 잎처럼

그냥 바람 머문 자리에

모든 것 내려놓고서
청량산 끝자락
언덕에 기대여
깊은 잠에 빠지면
좋으련만

-〈쉼〉전문

　　작품 '쉼'에서도 '어느 날 오후'의 심경에서 연장된 내용들임을 알 수 있다. 여기서는 황혼에 맞는 쓸쓸함을 뼛속 깊이 찾아오는 겨울 냉기로 묘사하며 시로 옮겨놓고 있다. 그 심경은 마지막 연에서 '청량산 끝자락/언덕에 기대어/깊은 잠에 빠지면 좋으련만'으로 귀결하며 생의 끝은 햇살 따뜻한 언덕에서 맞이했으면 싶은 마음속 이야기를 뱉어내고 있다.

　　중장년 이후부터 황혼기에 찾아오는 빈 둥지 증후군(Empty nest syndrome)의 쓸쓸함은 이제 초연하고 익숙 해져가도 인생의 끝자락을 준비하는 마음은 언제나 깊은 회한과 아쉬움이 남기 마련이다.

　　이 작품에서 면역효과(Inoculation effect)에 기대며 마음의 준비를 서둘지 않고 차분하게 미리 조금씩 해보며 연습효과를 느끼고 싶은 시인의 내면을 엿볼 수 있다. 예방주사처럼 미리 작은 메시지를 스스로 전달해줌으로써 쓰러지려는 자신에게 쉽게 포기하지 않으려는 암시를 주는 것이다.

사람들에게 행복은 목표로 삼기에는 너무 추상적이며 방법에서 어렵고 힘든 과정이 기다리고 있다. 그렇다고 그것을 포기하기에는 너무 매력적이고 그 반대의 상황에 주저앉기엔 너무나 큰 공포와 고통이 기다리고 있다. 이러지도 저러지도 못하는 딜레마에 빠지기 쉬운 것이다.

어쩌면 그것들은 인간이 태어나면서 실체도 없으면서 영원히 따라다니며 심리적 불안감을 조성하는 지독한 존재감일 수도 있다. 그것을 해소하는 해방의 에너지는 그때마다 청소(catharsis)해 나가는 방법 외에는 달리 해법을 찾기 어려울 수도 있다.

인간들이 매일 의식주를 해결하며 생활 중에 나오는 너저분한 쓰레기 따위일 수도 있는 불안감은 몸을 씻거나 화장실에서 볼일을 볼 때처럼 버리며 살 수밖에 없는 것이다. 힐링(healing)은 가장 단순한 것에서부터 출발하는 것이 최적의 방법이다.

박용인 시인의 작품에서처럼 '동지섣달 끈 떨어진 연처럼' 또는 '모든 것 내려놓고서' 깊은 잠에 빠져 휴식을 취한 뒤 다시 시작할 때면 그것들은 두 번 다시 재활용 돼서는 안 될 것들이다. 그때야말로 진정한 '쉼'인 힐링

(healing)이 실행에 옮겨진 순간이다.

물속에 육체를 담겨놓고
하늘을 바라본다
푸른 하늘에 먹장구름 한 점
바로 너였구나
나를 키워주는 동력이

언제나 찾아드는
흰 구름 한 점 사이로
스미는 햇살이
나를 웃게 하며
몸집을 키워도 주고
팔을 뻗게 하니
너 또한 보배로구나

서로가
서로를 안아주며
때로는 떼어놓아 주는
미덕을 지닌 바람
속살거리며 하는 말

푸른 하늘이여
흰 구름이여
먹장구름이여

목숨 줄을 쥐고 있는
귀중한 그대들은 나의 분신

-〈분신-수경재배-〉전문

　'분신-수경재배-'에서는 자연의 모든 것들이 분리된 하나의 몸체이면서 화자의 '목숨 줄을 쥐고 있는' 분신(分身)으로 비유하며 삶에 대한 강한 애착과 선선한 카타르시스(catharsis)를 볼 수가 있다. 푸른 하늘, 먹장구름, 햇살, 바람 그 모든 것이 화자에게는 '보배'로 받아들여졌고, 자신을 살리는 보약으로 느끼고 있는 것이다.

　여기에서는 자연이 박용인 시인 자신을 수경재배 하는 것처럼 생명의 기운을 전해준다는 창조적 발상으로 작품을 마무리하고 있다. 관계성에서 누가 수경 재배자이고 누가 피재배자인지 알 수 없는 순환하는 생명력의 복원관계라면 여기서는 두 대상이 동일체일 수밖에 없으며 관계의 합일성을 유지하고 있다고 보아야 옳을 것이다.

그것은 서로 다른 영역과 품고 있는 세계가 아니라 순환하는 회복능력을 '분신'이라는 투영된 대상으로 타자(他者)처럼 작품을 전개했지만 결국 타자가 아닌 자아의 호흡이었음을 수경재배를 통해 알게 된다. 그것은 어쩌면 종교에서 신과 일체가 된 그리스도를 통하여 모든 기도를 하는 의식처럼 경건하다고도 할 수 있다.

　시인은 그 관계를 통해 삶의 애착과 존재의 깊이와 회복 탄력성을 가지는 자아를 발견해내고 있다. 시공간을 이동하여 산과 강 또는 산과 호수를 수경재배로 옮겨보면, 세속의 욕망을 내려놓은 채 산을 향해 오르다 보면 침묵 속에 꿈쩍도 않는 바위를 보며 대자연의 신비를 느끼는 것과 크게 다르지 않음을 알 수 있다.

　산이 된 강, 강이 된 산의 관계성과 또 다른 몸체인 분신(分身)으로서의 수경재배는 각자 아무런 관계가 없는 타자가 아닌 연기성(緣起性)을 가진 동일체일 수밖에 없는 자연의 법칙을 발견하게 된다. 거기에서 박용인 시인은 이미 긴 호흡을 내 쉬고 있는 중이다. 여기서 연기성은 나와 남이 독립적이지 않고 상호의존적일 수밖에 없는 존재라는 것이다.

　관계성에서 우주와 자연의 모든 존재는 결국 하나일 수밖에 없고, 동물이든 사람이든 마지막엔 자연으로 돌아가 다시 흙이 되어 나무와 풀, 농작물의 거름이 될 수밖에 없다.

  강과 하천, 바다에서 채취하는 어패류와 생선들은 모두가 인간 세상에서 내려갔고 인간 육신에서 떨어져 나간 그 무엇들을 섭취하고 생장하게 되는 원리는 부정할 수 없는 사실이다. 우주와 자연 안에서 모든 것은 돌고 도는 것이고 인간과 동식물들의 호흡도 결국 하나로 연결되는 것이다.

인생은 세월 속에 담긴 시간 드라마
호박 고구마처럼 색깔이 있어
세상에 이름을 가졌구나

바람 불면 바람 따라
구름 들면 하늘에 담고
그 속에 푸름에 만끽한 얼굴엔
화색이 돌고 돌아
환하게 미소가 일어난다

길을 걷다가
문득 하늘을 바라보며
협곡이 아니라
수평선 같은 넓은 들판에

바람 머문 자리를 본다

그곳이
삶의 안식처가 된 연기
자아를 발견하여 걸음을 멈춘 자리
내 인생의 연기는 여기까지 라고
어묵꼬치처럼
재사용 할 수 없다는 절

-〈연기 인생〉전문

작품 '연기 인생'에선 화자는 이제 정체성(Identity)과 자존감(self esteem)을 발견하고 자기동일성 즉 존재의 본질과 자기다움을 거울 보는 것처럼 발견하며, 현실을 받아들이는 현재의 모습에서 더 이상 고민과 갈등하지 않고 털어버리며 환한 미소를 되찾고 있음을 볼 수 있다.

누가 자기에게 기대를 가지고 사랑해주면 그런 기대에 부흥 하려고 노력하게 되고, 일상의 습관이나 생각이 변화되어 긍정적인 모습으로 바뀌게 된다는 것을 피그말리온 효과(Pygmalion effect)라고 한다. 남녀노소 연령에 관계없이 인간에겐 모두 적용되는 이론이다.

작품에서도 시인은 자신에게 끝없는 자신 회복의 주문

으로 결국 정체성과 자존감을 회복하고 현실에서 벗어나지 않는 과도한 갈등구조를 만들지 않게 되었음을 알 수 있다.

《스위니 토드》를 쓴 뮤지컬 작가 '스티브 손드하임'은 '뮤지컬 코미디에는 캐릭터는 없고 퍼스낼리티(personality)만 있다'고 했다. 캐릭터는 극중에 등장하는 인물이지만 퍼스낼리티는 사람들이 가지고 있는 개성이기 때문에 배우의 목소리나 표정연기, 심리묘사와 행동에 따라 조금씩 때로는 많이 원작과 다른 연기를 펼칠 수도 있다.

무대감독이나 연출자들이 가급적 원작과 저자가 전달하는 인물 형태에 가깝게 연기 지도를 해 나가지만 출연자의 몫이 그만큼 작품을 죽이고 살릴 수도 있는 힘을 가지고 있는 것이 퍼스낼리티라고 할 수 있다.

인생은 잘 꾸며진 연극무대라고 할 수 있지만 '어묵 꼬치처럼 제사용 할 수 없다는 걸' 깨달은 박용인 시인은 자아를 발견하며 걸음을 멈추고 안식을 취하려 하지만, 애저녁에 벌써 '세월 속에 담긴 시간 드라마 / 호박 고구마 색깔'처럼 저마다의 이름과 정체성(Identity)을 발견한다.

박용인 시인은 세상의 주인은 타자(他者)가 아닌 자신이며 그 연극 무대의 주인도 자신임을 알고 한 걸음 한 걸음 힘주며 밀고 온 것이다. 작품에서 세상에 끌려 다니지 않고 세상을 밀고 나온 그 힘의 원천은 곧 '깡'이었던 것이다.

그 연기 인생은 결코 연기가 아닌 삶의 무게감이 느껴지는 현실의 배역이었다. 그럼에도 불구하고 무대 위에서 한바탕 즐거운 굿판을 벌인 뒤 전투가 끝난 들녘을 걸으면 비 개인 아침처럼 기분 좋은 자유로움이 기다리고 있다. 또다시 앞으로 밀고 나가며 삶의 행진을 계속하는 것이다.

누구나 가슴 한쪽
빈 곳이 자리하고
그쪽에는 늘
바람이 지나가고 있다

바람으로
낙엽을 쓰다듬다가
문득 비라도 내리면
사랑하고
헤어지는 그 아픈
미련들

추적추적 빗물로

씻고 있다
바람 머문 자리 찾아들면

낙엽같이 외로워지는
거리에서
차라리 바람 되어
당신의 쓸쓸함을 만져
주고 싶다

시리고 시린 빈 가슴
채워가면서
입가에 미소 띄울 때
바람구멍 메워 주련다

-⟨빈 가슴⟩전문

중년 혹은 장년으로 넘어가는 시기가 되면 빈 가슴 훑고 지나가는 횡한 바람을 온몸으로 느끼는 경우가 많다. 어제의 가수 알 바람이 지나가면 오늘은 강쇠 바람이 불어오듯 그 바람은 멈추지 않고 내일이란 녀석이 길게 꼬리를 달고 오는 법이다.

4연에서 박용인 시인은 '거리에서/차라리 바람이 되어

/당신의 쓸쓸함을 만져주고 싶다'고 바람을 맞으며 고독을 느끼는 것보다 바람 속에서 바람을 만져주는 바람이 되어 바람구멍을 메워주고 싶다고 했다.

누구나 살면서 각다분하게 삶의 무게가 돌 가방에 무쇠 구두처럼 눅진하고 무거웠던 시절이 있었을 것이다. 가는 곳마다 도처춘풍到處春風이겠거니 하고 도붓장수처럼 홀가분하고 가볍게 길을 떠났다가 인생이 달구름 같기만 한 세월을 만나 회한에 잠기기도 할 것이다.

빈 가슴이 된다는 것은 인생의 반쪽을 찾아 너무 먼 길과 세월을 허비했다거나 만나도 영원히 겉돌기만 한 반조각일 경우가 있을 수 있다. 어쩌다 천생연분인 반쪽을 만났어도 너무 일찍 두둥실 달이 되어 멀리 떠나보내어 빈 가슴이 되었을 수도 있다.

달이야 어느 곳 어느 하늘에서 보아도 하늘에 떠 있건만 도무지 잡을 수가 없어 마음만 애태우는 일도 있다. 해와 달이 서로를 그리워하는 것인지 아니면 서로 미워서 밀어내는 것인지 알 수는 없지만 계속 따라다니는 것인지 밀어내는 것인지 어제도 오늘도 돌아다니고 있다.

설한풍 지나면 복사꽃 상채기를 안고 봉숭아 꽃물 든 것처럼 볼따구니 볼그레해지며 봉그슴한 가슴 내밀고 사랑의 맨발로 다가와서 몸을 사려 감는다. 그것도 이내 곧 사르르 꽃잎처럼 떨어지는 것이 아무래도 사금파리 깨진

듯이 허무해지는 게 사랑의 아픔이기도 하다.

　'시리고 시린 빈 가슴'을 훈풍薰風으로 데워주려면 우선 순위가 허무해진 자아의 가슴부터 에너지가 충만해야만 가능한 일이다. 이 작품에서 입가에 미소를 지으며 바람 구멍 메워주려는 시인은 이미 에너지가 꽉 차 있어 자신만만한 상태라고 할 수 있다.

　세상사 별강江 벽계수처럼 그 사람 누운 얼굴 위로 산베개한 구름이 떠 있듯 볼따구니 오목하도록 장죽을 물고 내뿜은 연기인지 구름인지 알 수가 없고, 그대가 신선인가 머리 위 구름이 길게 늘어진 산베개가 신선인가 싶기도 하지만, 박용인 시인은 허허로움에서 여유만만한 자신감으로 충만하고 넉넉하다는 것을 이 작품에서 알 수 있다.

시간도 빠져나가기 힘든
옛 골목
바람도 머물고 싶어한다

비탈진 골목길
애로라지 몸부림치고
오래된 추억도 사랑도

가슴으로 맴돈다

어릴 적 꿈꾸며 뛰어놀던 곳
타향의 고달픔에
힘겹고 지친 심신
옛 골목이 안아준다

흰머리 스쳐가는 차가운
겨울바람 사이로
옛 골목
추억 안고 걷는다

-〈옛 골목〉전문

'시간도 빠져나가기 힘든/옛골목/바람도 머물고 싶어'
하는 그곳은 '오래된 추억도 사랑도' 가슴으로 맴돌며 안
고 걷는 시간여행 속에서 바람의 장소이다.
　바람을 베고 누우려면 옛 추억의 아름다운 곳을 떠올
리고 즐거운 기억을 회상해야만 가능하다. 그렇지 않을
경우 오히려 짙은 페이소스(pathos)에 빠져 지난 시간 동안
애써 달래며 치유했던 상처가 다시 툭 터져 나와 짙은 회
색빛이거나 어두운 장소로 끌려 들어가게 되는 경우도 생

기게 된다.

때로는 내 젊은 날 하루의 꿈오라기 같은 시스루는 어디로 갔을까 더듬어 보기도 하고 치파오나 아오자이처럼 꽃굴형 봄날도 떠올려보기도 해야 한다. 하루가 꽃마중 가는 웨딩드레스처럼 가볍게 꽃잎이 바람에 흩날리며 하늘하늘 살랑살랑 낙낙해짐을 느낄 수 있어야만 옛 골목의 추억도 애써 달렸던 '타향의 고달픔에/ 힘겹고 지친 심신'의 에너지 파동에 휩싸이질 않는다.

이 작품에서 박용인 시인은 옛 골목을 통해 다시 어둡고 축축했던 그 시절로 되 돌아가기 보다 이제는 여유롭게 지나간 시간을 반추하며 원기를 회복하려는 마음을 드러내고 있다.

추억의 회상은 지나간 삶의 순환과 변화과정을 떠올려주며 그동안 고통을 극복하며 성장했던 모습을 다시 볼 수 있게 된다. 그 긴 터널 같던 시공간의 이동을 통해 시인은 작아진 존재감을 회복하며 자신의 정체성과 소중함을 느끼고 있는 것이다.

작품에서 에너지 회복성(回復性)을 느낄 수 있는 부분은 3연 1행의 '어릴 적 꿈꾸며 뛰어놀던 곳'인 골목길이 된다. 그 골목길에서 시인은 무한한 자유와 함께 상상의 나래를 펴고 미래의 꿈을 펼치며 성장하였고, 성인이 된 이후엔 골목에서 벗어나 더 큰 세계로 확장된 자아를 가지고 나갔던 것이다.

    대처에서의 그 고된 시간들 속에서도 시인은 항상 마음의 고향인 골목길을 잊지 않았고 '어릴 적 꿈꾸며 뛰어 놀던' 그곳에 언젠가는 돌아갈 것을 늘 마음속에 다짐하고 있었던 것이다. 그것은 퇴행도 퇴보도 아닌 '힘겹고 지친 심신'에 가장 순수하고 활발했던 그 시절의 창조적 에너지를 다시 재충전해주고 있었던 것이다.

    그것은 긍정적인 에너지를 끊임없이 확대 재생산해내는 과정이었고 골목이라는 공간을 통해 세계에서 겪었던 삶의 무게감과 두려움, 억압과 절망의 순간들을 떨쳐내며 창조적 에너지를 회복하는 동력으로 작용하고 있었던 것이다.

평화와 자유가
희망으로 넘치던
보통 날들도 비켜 가고
잠시 잠든 새벽형
인간의 단조로운 일상
쉽게 갈 수 없는 벽
티브이 세계 테마 여행도
신비함에 빠지게 한다

하늘이 준 유리벽은
시야를 어디에 두고
그대와 눈 마주친다면
지금의 벽은
한 점 미련도 남기지
않는 고백
가장 아름다운 모습

연서로
오래도록 남겨진다면
그대의 갈피에서
마음의 벽에 기댄다면
벽을 허물고 싶다
가슴은 간직되고 싶은
가장 아름다운 날을 위해

-〈벽〉전문

　　여기서 화자는 방어기제(Defense mechanism)를 통해 심리적
보호를 한 상태에서 강한 자기암시를 통한 마인드 콘트롤
(mind control:자기암시, 조절)로 작품에서 공개선언을 하고 있다.

결국 마음의 벽을 허물고 심리적 감옥에서 벗어나 해방을 한 상태에서 바라본 세상은 '봄'이었고 아름다운 '꽃'이 만발해 있었던 것이다. 시인의 눈에 비친 세상은 따뜻한 봄 햇살로 찾아온 '사랑'이고 '늙어간다는 건 새로운 청춘' 즉 새로운 시작임을 자각하게 된 것이다.

요즘은 다양한 문화예술 체험이나 상담을 통해 심리치료를 하는 과정들이 많이 개발돼 있다. 그 중에서 제일 자연스러운 분야가 문학의 장르다. 음악이나 미술을 통해서 치유가되는 경우도 많은데, 문학에서는 글의 표현만으로도 마음을 정화 시킬 수 있는 장점이 있다.

1연에서처럼 텔레비전 밖과 안의 경계가 바뀌면 '동물의 왕국'처럼 세렝게티 초원이나 파란 창공 또는 바닷가에서 대자연의 공기와 자유를 만끽할 수도 있게 된다. 박용인 시인이 '울 밑에 선 봉선화'처럼 처량하거나 답답한 마음이 생기는 건 담장 안과 밖이 울타리 하나를 사이에 두고 천 리 만리 떨어진 것 같은 마음이 들기 때문이다.

벽 하나를 사이에 두고 통제된 또는 스스로 유폐하고 격리된 일상을 지낸다면 진정한 자유는 찾을 수 없을지도 모른다. 자신의 벽, 불안한 감옥에서 벗어나고 싶어 절규하는 뭉크에서 변신을 위한 몸부림, 달라지고 싶은 환골탈퇴의 뼈아픈 순간에 예술인들은 자신의 한계를 느낄 때 광인처럼 기행을 했던 화가 오원 장승업을 떠올려보면 답을 얻을 수도 있게 된다.

전혀 새로운 세계의 그림을 생산하기 위해 산고를 치르는 아티스트, 호방하고 거침없는 자유분방함을 위해 분탕질 같은 그림을 그려냈던 걸레스님 중광의 기이한 행적도 벽을 탈출한 자유로운 영혼이라고 할 수 있다.

평범한 일상을 살아가는 생활인들이 벽을 넘나들며 자유를 쟁취하기엔 너무나 큰 장벽이 가로막고 있어 그것을 극복하려면 엄청난 고통과 대가(代價)가 따른다.

하지만 소소한 일상의 기록들을 깨알같이 적으며 일기처럼 차곡차곡 모아두거나 작은 스케치북 그림 또는 카메라 속에 담아두면 그것도 자신의 울타리를 새처럼 날며 경계를 넘나드는 신세계일 수도 있다. 문학인들에겐 너무나 자연스러운 일상이기도 하다.

■나가며

살아가는 소소한 일상의 이야기도 함께 소통하며 나누는 작업이 어쩌면 시의 출발이 되기도 한다. 시란 혼자만의 독백이 아닌 상호간의 대화이며 울림이 있어야 하는 것도 그런 것이다. 바람의 시인 박용인은 바람과 함께 호흡하며 자신과 독자 그리고 관찰하는 대상과 하나가 되고, 하울링(howling)을 통해 서로의 위치를 알려주고 길잡이를 해주며 상호간에 가이드(guide)역할을 충실히 해주고 있다.

200년 전 캠브리지 대학에서 종교학 시험 중 "예수께서 물을 포도주로 바꾼 기적을 신학적 관점에서 논술하라"는 문제를 받아 보고 모든 학생들이 여러 페이지의 글을 쓰고 있었다. 유독 한 학생이 창문만 바라보고 아무 답도 작성하지 않고 있었다.

시험 종료 5분 전, 담당 교수가 다가가서 단 한 줄이라도 작성하면 낙제는 면제시키겠다고 했다. 그는 딱 한 줄을 썼다. "The water saw its master and blushed." "물이 그 주인을 보니 얼굴이 붉어졌다." 그 결과 그 학생은 최고의 점수를 받았다고 한다. 그 학생이 바로 시인 바이런(Lord Byron)이다.

인생에 정답이나 해답이 없는 것처럼 사물에 대한 관점도 정해진 것이 없지만 이왕이면 멋진 말로 표현할 수도 있어야 시인이라는 말에 어울릴 수 있을 것이다. 종교적 관점도 시적으로 표현하는 게 더 어울리는 건 사실 성서를 쓴 선지자들 대부분이 성서를 쓸 때 다양한 수사법으로 기교를 부리며 무수히 많은 메타포로 작성된 것이기 때문이며, 성서야말로 문학의 바이블이라고 해도 과언이 아닐 것이다.

국내에서도 아주 오래전부터 내려오던 전설적인 스

토리가 있다. 한 대학에서 철학 교수가 "철학이란 무엇인가?"라는 문제를 출제 한 일이 있었는데 그때도 한 학생이 "그대는 아는가?"라는 답을 써내어 최고의 점수를 받았다는 에피소드가 있었다. 박용인 시인이 쓴 시집《삶은 여행처럼》속의 바람 이야기들도 묘한 철학적 화두를 독자들에게 제시해주고 있다.

인상파는 말 그대로 사물의 인상이 중요한데 그들은 자연을 하나의 현상으로 보고 빛에 따라 변하는 대기 표현을 중요시해왔다. 박용인 시인의 작품도 방향에 따라 풍경이 각각 다른 느낌을 주면서 깊은 심상으로 다가와 내면으로 침투하고 있다. 시공간을 자유롭게 이동하고 있다는 것이다.

작품에서 화자(話者)의 마음은 과거의 생각이 미래로 향하고 있는 것으로 보인다. 가끔 열차 여행을 할 때 역방향으로 앉아보면 가는 것도 오는 것도 아닌 이상한 현상을 경험하곤 한다. 대상을 관찰할 때도 보이는 부분과 보이지 않는 부분을 상상으로 그려낼 때 낯설기로 다가오는 것과 같은 느낌이다. 바람의 방향은 정해진 법칙이 따로 있는 게 아니라 동서남북 어디에서나 불어오기 때문이다.

다만, 이상기류에 따라 돌풍이나 폭풍이 불 때면 바람 불어오는 반대 방향으로 고개를 돌리면 안전하기에 인생의 항해도 그러해야 할 것이다. 박용인 시인은 이미 그 바람의 기류를 너무나 잘 알고 있기에 작품에서도 1등 항해사가 되어 조타륜을 잡고 방향을 잘 제시해주고 있다. 풍부한 인생 경험이 말해주는 것이다. 시인은 여행지의 선장 이면서 항해사이고 삶의 해설사라고 할 수 있다.

삶은 여행처럼

박용인 시집

초 판 인 쇄	ǀ	2023년 9월 10일
발 행 일 자	ǀ	2022년 9월 15일
지 은 이	ǀ	해동 박용인
펴 낸 이	ǀ	김연주
펴 낸 곳	ǀ	도서출판 성연
등 록	ǀ	(등록 제2021-000008호)경남 창원
홈 페 이 지	ǀ	https://cafe.daum.net/seongyeon2021
사 무 실	ǀ	창원시 성산구 대원로 27번길 4(시와늪문학관 내)
디 자 인	ǀ	배선영
그 림	ǀ	해동 박용인
편 집 인	ǀ	배성근
대 표 메 일	ǀ	baekim2003@daum.net
전 자 팩 스	ǀ	0504-205-5758
연 락 처	ǀ	010-4556-0573
정 가	ǀ	15,000원
제 어 번 호	ǀ	ISBN-979-11-979561-0-2 (03800)

◉ 본 시집은 시와 늪 출판부 성연 출판사에서 발간되었습니다.

◉ 저자와의 협약으로 인지를 생략합니다.

◉ 이 시집의 전부 또는 일부를 재사용하려면 반드시 지은이와 도서출판
성연에 동의를 얻어야 합니다.

◉ 본 지는 한국간행물 윤리위원회의 윤리강령 실천 요강을 준수합니다.

◉ 파본 된 책은 교환해 드립니다.

이 도서의 출판예정도서목록(CIP) **ISBN** 979-11-979561-0-2 (03800)
국립중앙도서관 서지정보유통지원시스템 홈페이지(http://seoji.nl.go.kr/)와
국가자료목록시스템(http://www.nl.go.kr/kolisnet)에서 이용할 수 있습니다.